番所医はちきん先生 休診録三

散華の女

井川香四郎

幻冬舎時代小説文庫

散華の女

番所医はちきん先生 休診録 三

目次

【主要登場人物】

八田　錦……………番所医。綽名は「はちきん先生」。辻井登志郎の屋敷の離れに住む

八田徳之助……錦の亡父。元・小石川養生所の医者。辻井と無二の親友

辻井登志郎……元・北町奉行所吟味方与力

佐々木康之助…北町奉行所定町廻り筆頭同心

嵐山……………岡っ引。元勧進相撲力士

遠山景元………北町奉行。左衛門尉

桧垣巧兵衛……北町奉行所町会所廻り与力

内田光司郎……北町奉行所市中取締諸色調掛り筆頭同心

井上多聞………北町奉行所年番方筆頭与力

伊藤洋三郎……北町奉行所本所見廻り同心

第一話　嘘つき泥棒

一

　雲が広がり月もない真っ暗な夜中、ある商家の蔵の前に、ひとりの男が猫のような足取りで近づいてきた。

　忍者のような黒装束、鳶が履くような足袋といういでたちで、扉の錠前の前にしゃがみ込んだ。細い金具で錠前を手際よく外すと、扉は音も立てずに開いた。中に入ると、二重扉になっている。黒装束は奥の引き戸の下に少量の油を垂らし、さらに鍵を開けて、蔵の中に入った。

　商品を仕舞っている木箱が積み上げられており、その片隅には千両箱が数個、重ねられていた。黒装束は千両箱に近づくと、慣れた様子でその鍵も簡単に開け、封印小判を菓子でも摑むような優しい手つきで、

「ひとつ、ふたつ、みっつ、よっつ……」

と口の中で数えながら、持参した巾着に丁寧に仕舞い込んだ。巾着を懐の中に入れると、おまじないのような言葉を呟きつつ、ポンポンと叩き、千両箱の蓋を閉め、鍵をかけた。

淀みなく鮮やかな動きで盗み終え、黒装束が扉の方に戻ろうとすると、表から声が聞こえてきた。蔵の中は真っ暗で、猫の目でなければ見えないほどだが、表から微かに蠟燭の明かりが洩れてきた。

「おや。鍵が外れたままではないかい？　正吉、来て見てごらん」

と呼ぶ主人らしき男の声が聞こえた。

「はい。只今」

実直そうな手代か小僧の声がして、地面の砂利を踏み鳴らす音と同時に、駆けつけてきた様子が闇の中でも分かった。

「ほれ、見てごらん」

主人が責めるような声で言うと、手代が驚いたような声で、

「あ、本当ですね。申し訳ありません。夕刻に見たときには、キチンと締めていた

のを確かめたのですが……」

「最後の音がするまで締めないと、緩んでいることもあるからね」

と言いながら主人は、用心には用心と思ったのか、扉を開けて中を覗き込んだ。内側の引き戸も閉まっているので、暗いこともあって、鍵が緩んでいることに気づかなかったのであろう。格子から中を確認しただけで、蔵の外に戻って、表扉を閉めた。

「気をつけるんだよ。ちょっとしたことで、盗っ人に入られたら大事（おおごと）だからね」

主人は手代を注意しながら、錠前をガチッと音がするまで締めると、ふたりして立ち去ったようだった。砂利を歩く足音が遠ざかってから、黒装束はふうっと溜息をついた。

「――参ったな……これでは逃げられんじゃないか……」

朝まで待って、店の者が誰か入った隙に逃げ出すか、取り引きの商人のふりをして人足らとともに出るか、それとも火事騒ぎを起こして、火消が来た混乱に乗じて逃げるか、などと真剣に考えていた。

だが、いずれも上手くいくとは思えなかった。黒装束は膝を抱えて座り込んだまま、次善の策を考えたが、妙案は浮かばなかった。これまでは、入ってきた扉から逃げることができていたからである。一度も失敗したことはない。

盗む金は、百両と決めている。持ち逃げするときにも、安定するからである。また、大店にとっても百両は大金だが、積み方にもよるが、一見して気づかないことが多い。それゆえ、盗まれたとバレるまで時がかかる。

さらに、その程度の額であれば、店の者の仕業かもしれないと、お上に届けるのも遅れることがある。開け閉めした扉も千両箱も、丁寧に鍵を締め直しているから、泥棒の仕業とは思えないからだ。

「――困った……これが最後の最後だと思ってやったのが、甘かったか……」

黒装束は自業自得だとでもいうように、もう一度、溜息をついてから、ふと明かり取りの窓を見上げた。蔵の高い所には、大抵、二ヶ所の陽を取り込む格子窓がある。

しかし、そこは当然、鼠も通れぬほどの隙間しかないし、格子も三寸角の材木だから、手持ちの七つ道具の小さな鋸（のこ）では、到底、切り取ることもできまい。そんなことをしていたら音がして、逆に見つかってしまう。

だが、じっと見上げていると、同じ闇でも、蔵の中と夜空の黒さとは違う。まるで救いの光が射しているかのように感じた。

荷物は丁度、階段状に積み上げられて、明かり窓の近くまで登ることができた。黒装束はまた猫のように素早く、天井近くまで来てみた。するとどうだ——明かり窓はシッカリとした作りであるものの、長年、修繕していないせいか、雨風で腐って傾いている。

「はは……神仏は俺にお慈悲を下さった……そりゃそうだよな。盗むっても、それで困るような相手じゃないし、百両消えたからって潰れた店もない……ましてや、悪い奴らのように奉公人を傷つけたり、殺したりしてないんだから、神様も仏様も大目に見て下さってるんだろうよ」

自分勝手な解釈をしながら、黒装束は刃物を明かり窓の隙間に差し込むと、枠ごと面白いように外れた。

「こりゃいい……ああ、助かった……」

黒装束はそっと格子窓の枠を荷箱の上に置くと、窓から外を眺めてみた。

わずか二間足らずの高さであるが、宵闇の中であっても、眠っている江戸の町並みが手に取るように分かる。

まさに猫のような気分になって、しばらく見てから外に出て、壁にぶら下がり、一気に塀の外に飛び降りようと考えた。蔵と塀の間は、半間ほどしかないからだ。人ひとりが充分、通れる大きさの窓である。しかも、黒装束は鍛えて引き締まった体だから、造作のないことだった。だが、これまでも何度か経験したとおり、慎重な行動で、慌てず外に身を乗り出そうとした。そのとき、

——格子窓を開けたままだと、盗みに気づかれるのではないか。

ふとそう思った。とはいえ、腐りかかった窓枠を戻している余裕はない。

——まあ、盗みだと分かったとしても、俺が盗っ人だと分かる証拠は何ひとつ残してないのだから、ああ大丈夫だ。

自分に言い聞かせて、ひらりと飛び降りようとした寸前、懐の巾着が少しばかり出ていたのか、紐が窓枠の釘に引っ掛かった。

「あっ……！」

慌てて引っ張り取ろうとしたが、巾着は反動で明かり窓の内側に入ってしまった。最上にある荷箱の上に落ちたのであろう。少しゴツッと音はしたが、人が目を覚ま

すほどのことはなかった。

もう取りに戻ることもできない。黒装束は仕方なく、そのままエイヤッと塀の外まで飛び降りようとした。しかし、装束の袖にも釘が引っ掛かっていたのか、思いどおりの跳躍ができず、塀の上に落ちてから、表通りに激しく転落した。

――痛えッ……！

叫びたいような痛みが全身に走ったが、ぐっと我慢をした。立ちあがろうとしたが、今度は右足が思うように動かない。初めは感覚が麻痺していたが、どうやら膝の靭帯を痛めたようで、まっすぐ伸びたまま曲がらない。

「あやや……なんてこったい……」

足を引きずりながらも、黒装束は立ち去ろうとしたが、杖がなければまともに歩くことすらできない。しかも、この格好のままでは、自身番の番人に誰何(すいか)されたら、一巻の終わりだ。

町木戸も閉まっている刻限だから、通ることもできない。それでも路地や掘割沿いの道は、なんとか通り抜けることができるかもしれない。黒装束は頬被りを取り、野良袴を脱ぎ捨てて、掘割に投げ捨てた。

そして、黒い着物の裾を元に戻すと、忍び用の足袋も脱ぎ捨て、裸足でトボトボと歩いていった。だが、やがて落下したときに全身に受けた衝撃が全身に広がってきて、意識が朦朧（もうろう）としてきた。

緊張の糸が解（ほぐ）れてきたからであろうか、考えと体の動きの均衡が取れなくなり、側溝に足を取られ、そのままふらふらと倒れてしまった。その際、頭も軽く地面で打ったが、

――もう、どうでもいいや……。

という気分になると、頭の奥に眩しいばかりの光が広がって、痛みが薄れると同時に、意識を失ってしまった。

ふと目が覚めたのは――。

ガヤガヤと人の声がする雑踏の中だった。

「大変だぞ。誰か医者を呼んでやれ」

「こりゃ大怪我してるじゃねえか。足が折れてるんじゃねえか」

「頭から血も流れてるぞ」

「早く何とかしねえと、死んでしまうかもしれねえぞ」

などと心配する声に、黒装束はうっすらと目を開けたのだ。

すでに朝日が昇っているのか、昨夜とは違って、雲ひとつない青空が広がっている。

「おっ。気づいたようだぞ」

誰かが声をかけたとき、仰向けのまま空を見上げる黒装束の目の前に、観音様のように美しい女の顔が現れた。

「――俺は……極楽浄土に来たのかな……はは……神仏はやはり、お慈悲をくれたようだな……有り難や、有り難や」

口の中で呟く黒装束の顔を、その美しき観音様はパンパンと二、三発、掌で叩いた。痛いと思ったが、黒装束は反応できなかった。そして、また目が虚ろになって、美しい観音様の顔が消えそうになった。

「大丈夫、意識はある。すぐに、私の診療所に運んで」

テキパキと誰かに指示をする鈴のように綺麗な女の声を聞きながら、黒装束はもう一度、眠るように目を閉じた。

二

北町奉行所の玄関から入ってすぐ右手にある年番方与力の詰所には、いつものように奉行所勤務の与力や同心が押しかけてきた。

〝達者伺い〟のため、番所医である八田錦が来ているからである。

いつもは、年番方詰所の一角を借りていたのだが、近頃、事情が変わった。その奥に、八田錦の詰め部屋、つまり〝奉行所内の診察室〟ができたのである。しかも、三日に一度、奉行所に顔を出すことになった。

これまでの十日に一度では、いっぺんに与力や同心が集まることになり、職務に支障がある。何かあったときに迅速に対応ができない。よって、〝堅固（健康）〟を診察する日を分散するため、というのが理由である。

部署ごとに、人数も割り振りして混雑させぬように配慮しているのだが、俄に「あそこが痛い。ここが痛い」と訴え出る役人たちが押し寄せてくるのだ。仮病の疑いが多いが、放っておくわけにはいかず、結局、大勢集まるのである。

もっとも、錦が朝から晩まで奉行所にいるわけではなく、所定の刻限以外は、ふだんどおり自分の診療所で、町人たちを診ていた。

錦の診療所は、町方役人の組屋敷が多い、八丁堀にある。父・八田徳之助の親友で、元吟味方与力・辻井登志郎の屋敷の離れを借りて、診察や治療をしているのである。当然、近くの町方与力や同心も、何かあれば駆け込みやすい。錦自身も、女の身だから、周りが町方役人だらけなら、安心というわけだ。

「おい、押すなよ。順番を守れ」

「何を言うか。俺の方が先に来ていたのだぞ」

「おまえたち邪魔だ、どけ。錦先生の顔がよく見えないじゃないか」

「黙れ、貴様こそ、何をしに来てるのだ」

「なんだと、おい。喧嘩を売っているのか。表に出ろ」

などと結局、〝押し合いへし合い〟で、十日に一度の騒動が、三日に一度に増えただけであった。それほど、錦先生の美貌に一目でも触れたいと思うような、だらしない男たちの集まりだとも言える。

それでも、常に冷静沈着に診療をする錦は、誰からも信頼されていた。

「そんなに争う元気があれば、問題ありませんかね。診療所の方にも患者が待っているので、そろそろ帰ることにします」

錦が呆れ顔で、詰めかけてきている与力や同心たちを追い払おうとすると、青白い顔をした内田光司郎という同心が転がるように錦の前に来た。市中取締諸色調掛りの筆頭同心である。

「どうしたのです。内田さんが珍しい」

「いや、それが……私のことではないのだ。実は、村上左近という配下の同心が、もう三月も出仕しておらぬ。どうしたものかと、こっちの方が気を遣っていてな」

「ああ、村上さんですね。筆頭同心の内田さんより、五歳くらい年上ですよね」

「とはいっても、まだまだ隠居する年ではない。頑張って貰わねばならぬのに、膝が痛い、腰が痛いなどと言っては、組屋敷で寝てばっかりなのだ。困ったものだ。何とか、出仕するようにできませぬかな」

内田は、村上のことを案じているというよりは、部下を管理できないと、町奉行の遠山左衛門尉から評価が悪くなることを、心配している様子だった。

錦はそう察したが、村上がしばらく奉行所に出てきていないのは事実である。三十俵二人扶持という微禄とはいえ、報酬を貰いながら仕事をせぬことは、武士として由々しきことだと、内田は文句を言った。

「いえ。そういう考えはなりませぬ」

「えっ、何故です。奴は只飯を食っているようなものですよ」

「そもそも、町奉行所の仕事は忙しすぎて、大変です。南北合わせて、わずか二百数十人で、江戸市中のことをすべて請け負っているのですから、そこから改めないと」

「与力や同心の数を増やせとでも？」

「検討の余地はありますね。あ、何もおっしゃらなくても分かってます。昔からのしきたりだし、先達たちは身を粉にして働き詰めだった。御用をしている最中に死ねれば本望だと……ええ、内田さんからも何度も聞きました」

錦は手元にある〝堅固帳〟の中から、村上左近のものを取り出して見ながら、

「元々、定町廻りにいましたよね。その頃は、欠勤がないようですが、諸色調掛りに行ってから増えてます。心当たりはありますか」

「さあな。商家を廻って、物価を調べるような仕事が退屈で面白くないと思ってい

るのかもしれぬな」

「ご本人がそう……？」

「俺は楽しい仕事だと感じているがね。江戸庶民の暮らしに直に関わることだから」

「けれど、仕事がつまらないとか、意味がないと感じて、心身を患う人もいます。配置換えなどによって気分も変わるかもしれないので、私が一度、きちんと尋ねてみますね」

「先生……そうやって甘やかしているから、他の者にしわ寄せがくるんです」

「みんなで支え合うのは当たり前です」

「そうじゃなくて、おまえは用無しだって、ガツンと言ってくれれば、奴は奉行所を辞めると思います」

「それで、内田さんは宜しいのですか」

「ああ、その方がせいせいする」

「せいせいする……」

あまりの言い草に、錦は呆れたように溜息をついた。

その溜息に、内田はもちろん、傍らに見ていた者たちも、色気を感じたのか、目尻を下げて鼻の下を伸ばしている。錦絵から出てきたような麗人ゆえ、いつもの光景だが、錦は一同を見廻してから、

「皆様も、もし用無しだと言われたら、どう思いますか。嬉しいですか」

と訊いた。

同心たちは「いいえ」と首振り人形のように同時に言った。

「内田さんの下で勤めているから、休み始めたのかもしれません。たしかに、しわ寄せがきて困るのは分かりますが、同じ奉行所の仲間なのですから、助け合いましょう。堅固な人が病がちな人を支えて下さい」

「病……奴は病なのですか……ただのなまけものですよ」

「──かどうか、私が診察してみます。それまで、誹謗中傷はおやめ下さいましね」

毅然と錦は言ったが、内田は納得できない顔で唸った。

「ふたりだけで会うってことですよね……先生、それは気をつけた方がいい」

「どうしてです」

「奴は無類の女好きなので、まあ、そういうことです……」

内田はよほど村上とウマが合わないのか、嫌味な言い草で、まだ何か言おうとした。すると、後ろの方から、定町廻り筆頭同心の佐々木康之助が苛々と声をかけた。

「さっさとしろ、内田。こちとら、事件を抱え大変なんだ。漏れ聞こえたが、村上のことなら、俺も気がかりなことがある。後で先生にちゃんと話しておくから、おまえはもう心配しなくていい。どけ、このやろう」

いつもの乱暴な口調が飛んだが、内田は慣れっこなのか、「はいはい。あんたが大将」とからかうような声で、立ち去った。

佐々木の前には数人並んでいたが、強引に押しやって、錦の前にデンと座った。他の同心たちは文句を言いかけたが、後で仕返しが恐いのか、仕方なく譲った。錦は注意したが、佐々木は当然のように、

「忙しいんだよ。さっさと診てくれないかな」

「見たところ、どこも悪くありませんよ。三日後にも来ますから、どうぞ大変な探索に出かけて下さい」

「そんな言い草はないだろう、錦先生と俺の仲じゃないか……」

「ええ。深い仲です。事件が起きる度に、被害を受けた人の検屍に駆り出されてますのでね。でも、ここは私の職場でもあるわけですから、どうぞ順番を……」

錦が言い終わらぬうちに、佐々木は「そうかい」と少し乱暴な態度で、

「盗っ人が入ったらしいんだ。京橋水谷町にある『瀬戸屋』という乾物問屋だ。その辺りは、白魚屋敷が並んでる」

将軍家に献上する白魚を扱う漁師たちが、拝領された町である。その一角には幾つか、海産物を扱う問屋もあった。『瀬戸屋』は中でも、表通りに面した大店だった。

「その蔵に入った奴がいるんだ……どうやら、塀から明かり窓によじ上って、枠ごとこじ開け、蔵の中に入り、またその窓から逃げ出したってわけだ」

「……」

「ところが、どんくさい奴で、盗もうとした百両の金は、どういう訳か荷箱の一番てっぺんに置き忘れていきやがった」

「そうなんですか……」

「店の主人・麻兵衛の話では、手をつけた千両箱がどれかは分かったし、他には盗られてないようなので、迷ったらしいが、気持ち悪いので自身番に届け出たんだ」

「当然ですね。で、私に何を訊きたいのですか。分かりますとも、佐々木様は何か当たりをつけたときは、妙にモジモジしますから」

佐々木もニンマリと笑って、

「そういうことだ……先生の所に、怪我をした三十絡みの男が担ぎ込まれただろう」

と曰くありげな目で尋ねた。錦はすぐに頷いて、

「ええ。うちから、さほど離れていない所で、側溝に足を取られたまま倒れていた人がいたので、手当てをしました」

と答えた。

「俺はそいつが怪しいと睨んでる。で、お屋敷まで訪ねたのだが、中間の喜八だっけな、あいつが頑として会わせようとしないんだ。主人が留守の間は、たとえ同心であっても、無断で中に入れるわけにはいかないと……錦先生、いつから主人になったんだい」

「主人とは、辻井様のことでしょ。元吟味方与力の」

「いや。錦先生だって、喜八ははっきり言ったぜ。どうやって手懐（てなず）けたのかは、察しはつくが、はは……立派な忠犬だ」

　皮肉っぽく言う佐々木に、錦は淡々と訊き返した。

「佐々木様は、その男が怪しいと睨んでいるのですね。でしたら、調べて結構ですよ。但し、私の立ち合いのもとに」

「それは、またどうして……」

「まだ名も聞けないくらい、昏倒しておりますし、怪我も靭帯を損傷している上に、腰を痛めて、手首や足も骨折しています。顔面にも大きな瘤ができるほどの怪我をしていますので」

「それほどの大怪我なら、尚更、届け出ないといけないんじゃないのか、先生。何か事件に巻き込まれたのかもしれないじゃないか」

「ええ、ですから、今朝、届けておりますよ。年番方与力の井上多聞（いのうえたもん）様を通して」

　隣室でエッと声を上げた、初老の井上は、

「ああっ。すっかり忘れておった」

と言ってから、すまんすまんと揉み手で佐々木に謝った。憮然となった佐々木は、何かを言い返そうとしたが、

「後で一緒に行きますか。村上さんのこともありますし」

と錦が言った。

「大丈夫ですよ。もし泥棒だとしても、あの怪我では何処にも逃げることなんかできないでしょう。喜八さんも見張っていますし」

錦は微笑も浮かべずに続けてから、次に控えている同心に声をかけた。

三

その昼下がり、佐々木は、錦の診療所にしている辻井家の離れ部屋で、怪我をしている男と会うことができた。例の黒装束である。

三十絡みの中肉中背、どこにでもいそうな風貌で、怪我をしているせいか、気が弱そうに見える。腰を痛めているとはいえ、座ることくらいはできるが、靭帯を痛めているため、足を伸ばしたままで、壁を背もたれにしている。

「はっきり言うぞ。昨夜（ゆうべ）、おまえは京橋『瀬戸屋』の蔵に盗みに入ったが、金を取るのに失敗して、逃げる際に明かり窓から転落。そのために、その大怪我をしたのだろう」

佐々木は、まるで見ていたかのように問い詰めた。男の顔は一瞬にして凍りついた。

「そうなんだな」

さらに突っ込む佐々木に、男は消え入るような声で、

「いいえ。違います……」

と答えて、中庭に控えている力士のような大柄な岡っ引・嵐山（らんざん）をチラリと見た。

「じゃ、訊くが、何処で誰に受けた傷なんだ。言ってみな」

「……」

「おまえが、この近く……といっても、稲荷地蔵辺りだが、側溝に転んだ格好で見つかったのは今朝方だ。しかも裸足だ。市場に向かう者たちが気づいて、錦先生に報（しら）された」

「はい……」

「そんな所に一晩中、ぶっ倒れてた理由を聞かせて貰おうか」

「ええと……酒を飲んでて……ちょいと飲み過ぎて、その……」

「酒をな。何処の店でだい」

「いえ、あの……屋台で、です」

「何処に出してる、何の屋台だい」

「蕎麦の……」

「町木戸が閉まる刻限には、火も落とさなきゃならないし、屋台なんぞ片付ける。まあ、たまには範(のり)に外れた輩もいるが、とても信じられないな」

と言いながら、佐々木は鼻先を男に近づけて、

「深酒した割には、酒臭くないが」

「弱いんです……一合も飲めば、もうふらふらになっちまいます。ですから、草履もきっと何処かで脱げて……」

「一合で飲み過ぎはねえだろう。まあいいや。下戸(げこ)はいくらでもいるからな。で……その怪我は酒に酔っ払って倒れたくらいにしちゃ、酷すぎるだろう。『瀬戸屋』の明かり窓から落ちたのなら、あり得るがな」

見据える佐々木から目を逸らして、男が言った。

「それが、あまり覚えてないのですが……飲んだ後、酔い覚ましに掘割沿いの道を歩いていると、二、三人の男が路地から出てきて、ぶつかったんです」

「二、三人の男……」

「はい。いずれも頬被りをしてて、黒装束ってんですか、そんなのを着てました」

「ほう。酔っ払いの割にはよく覚えてるな」

「とにかく、そいつらに因縁をつけられて、いきなり殴る蹴るされたんです。そして、京橋の方に逃げていきました」

「ふうん……」

まったく信じていない顔つきで、佐々木は男をじっと見据えていた。

「で……名前はなんだい。思い出したか」

「えっ……」

「錦先生の話じゃ、名も分からないってことだが、昨夜のことはそれだけ覚えてるんだから、てめえが誰だってことも思い出したんだろう。言ってみな」

「あ、はい……弥次郎と言います」

「ほう。それは本当の名かい。仕事は何をしてるのだ」

「神田松下町の〝権太長屋〟って所に住んでて、桶作り職人をしてやす。桶といっても、小さな手桶みたいなものを」

「そうかい……おい」

佐々木は中庭に声をかけると、嵐山はすぐに飛び出していった。見送ってすぐ、佐々木はもう一度、弥次郎と名乗った男に訊いた。

「じゃ、その体中に受けた傷は、見知らぬ奴らに突然、やられたってんだな」

「へえ……」

「顔は覚えてるか」

「いいえ。暗かったし、頬被りもしていたものですから……」

「そうかい。じゃ、とりあえず番屋に来て貰おうか……と言いたいところだが、この怪我だし、番所医の八田錦先生の診療所なんだから、よもや逃がすことはあるまい」

「番所医……？」

弥次郎が訊き返すと、佐々木はニンマリと笑って、

「そうだ。おまえも運が悪いな。町奉行所に出入りしていて、与力や同心が一目も二目も置いている、男勝りの恐いお医者様だ」

「……」

「だから、〝はちきん〟って綽名(あだな)までついてる。つまりは玉金が……ま、その話はいいや。こんな美人の先生なんだから、心変わりがしたら、正直にてめえのやったことを話すんだな」

と半ばからかうように言った。

「そろそろ、宜しいでしょうかね、佐々木様……傷に障りますしね。私としては、この人が罪人であれ、旦那の誤解であれ、怪我を治すのが務めですので」

錦が話を打ち止めにしようとしたとき、嵐山ほどではないが大柄な侍が、ぶらりと入ってきた。三十半ばの目つきの鋭い男で、着流しで両刀を帯に差している。

「お久しぶりです、佐々木様」

振り返った佐々木は、懐かしそうに目を輝かせて、

「おう。村上左近ではないか」

と立ちあがって、縁側まで出ていった。

「佐々木様がいらしてると小耳に挟んだものですから、ちょっと挨拶にと」

「なに、大したことはない。おまえが出るような大捕り物じゃない。こそ泥だよ」

「——こいつが、ですか」

村上が睨むように見やると、弥次郎は怯えたように目を伏せた。

「丁度良かった、村上さん。少し私に話を聞かせてくれませんかね。お勤めのことで」

錦が声をかけると、佐々木が間(あい)の手を入れるかのように、

「おまえ、ずっと休んでるんだってな。内田のやろうが、怠け者だと決めつけてたぞ。そりゃ、諸色調掛りなんざ、極悪人をとっちめるおまえの性に合わないわなあ」

「ええ、まあ……」

「お奉行に掛け合ってやるから、いつでも戻って来な。相談に乗るぜ」

「有り難いお言葉、痛み入ります」

丁寧に頭を下げて、村上はまた弥次郎を睨みつけてから、

「昨夜、賊が入ったのは『瀬戸屋』ですよね。私も諸色調掛りとして関わってる店

ですから、小耳に挟みました」

「そうかい。やはり盗みであろう」

「佐々木様は、こそ泥とおっしゃいましたが、気をつけておいた方がいいです。下調べかもしれませんからね。予め蔵の鍵をこさえるために、忍び込むこともよくありやす」

「かもしれぬな。それも頭に入れて、探索してみるよ」

佐々木はそう応じたが、村上は元は定町廻り同心らしく、盗賊の手口などを鋭く指摘しながら、錦に話した。

「盗っ人は隠れ蓑として、こういった武家屋敷とか、診療所なども使うことがある。先生もせいぜい、気をつけて下さいよ」

いかにも弥次郎が盗っ人であると断定したような言い草だった。

「意外なことかもしれませんが、佐々木様……本当の盗っ人というものは、決して跡形を残さないです」

「ああ、そうだな……」

「盗まれたことすら、気づかれないようにしているものなんです」

村上は弥次郎をじっと見ながら、淡々と持論を重ねた。

「鼠小僧だの鼬小僧だのと、わざわざ名乗る奴らは、世の中に不平不満があって、お上に楯突くことで喜びを感じているのかもしれないが、人知れずこっそり盗みを重ねている輩の方が、性根が悪いってことです」

「そうとも言えるな……では村上。おまえは、此度の『瀬戸屋』の一件は、誰がやったと思ってるんだ」

「俺が昔関わった中に、〝曼荼羅小僧〟ってのがおりましてね。そいつは、跡形も残さず、盗みをしてたんです」

「曼荼羅小僧……」

「それは、俺たちが勝手に付けていただけの盗っ人名で、どこの誰かは分かりません。曼荼羅とは、ご存知のとおり、悟りの境地とやらを示すために、大日如来を中心に描いた絵柄ですが、随分と悟った盗っ人だと思ってましてね」

「知らなかった」

「きっと誰にも分からぬように、鍵を開けて入り、欲張らずにてめえの分相応の金だけを盗んで、また鍵を締めて立ち去る。だから悟った盗っ人……何処の誰か、サッパリ分からないもんでね」

曰くありげな目つきで、村上はずっと弥次郎を見たまま話した。佐々木はその口振りにピンときて、尋ね返した。

「もしかして、こいつが、その曼荼羅小僧とでも言うのか」

「さあ。そこまでは分かりません。こいつが盗っ人かどうかも、まだ何も証がないのでしょ。だったら、こいつが『瀬戸屋』に入った証が欲しいところです」

「何か心当たりがあるような言い草だな」

「『瀬戸屋』の主人、麻兵衛から、ちょっと話を聞いたところでは、昨日の夜、蔵の表扉の鍵がキチンと締まってなかったそうです。中を見たが異常がないから、掛け直した」

「えっ。つまり……」

「実はそのとき、蔵の中に盗っ人がいて、逃げられなくなったもんで、明かり窓からトンズラした……と俺は睨んでます。それが曼荼羅小僧かどうかは分かりませんがね」

自信たっぷりに村上が言うと、佐々木は大きな背中を叩きながら、

「さすがは村上左近。必ず、もう一度、定町廻りに戻してやるよ。商家廻りをして物の値を調べるなんざ、おまえの柄じゃない。腐らせちゃ勿体ない」

と誉め称えるように言った。が、村上は遠慮深そうに、

「でも、商家廻りをしていたからこそ、『瀬戸屋』の様子も分かった。私は、陰ながら佐々木様たちを支えますよ」

と殊勝な態度で微笑んだ。

「そうかい。それは心強い。百人の味方を得た気分だぜ」

佐々木は相槌を打ったが、村上の笑みを不気味に感じたのは、弥次郎だけではなく、錦も同じだった。人を食ったような、嫌な感じの表情を、錦は冷静に見ていた。

四

神田松下町の楓川近くにある〝権太長屋〟に来た嵐山は、大家の利兵衛の案内で、弥次郎の部屋を調べていた。

長屋の最も奥にある、九尺二間のどこにでもある一室だったが、ほとんど板間に

しており、わずか一枚だけ畳を敷いていた。桶職人だから、仕事場にしており、土間にも材料の材木や竹、縄などが几帳面に置かれていた。

「立って半畳、寝て一畳ってのが、弥次郎さんの信条らしくてね。ご覧のとおり、清貧の暮らしぶりながら、いつも綺麗にしていて、仕事も丁寧でしたよ」

利兵衛は岡っ引が現れたので、何事かと心配していたが、嵐山は余計なことは言わず、ただ弥次郎が大怪我をして、八丁堀の診療所に逗留していることだけを告げた。部屋の隅々まで、さりげなく調べながら、

「弥次郎はいつから、いるんだい」

「ここにですか……そうですね。かれこれ、十年になりますかね。近くの武家屋敷から火が出て火事になったことがあるんですがね、その頃は、ここは空地だったんですが、新しく建てたときからですから……一番の古株ですよ」

「その前は、何処にいたんだ」

「ええと、たしか深川の何処だったか……とにかく錠前問屋の職人だったそうですよ」

「錠前問屋……珍しいものがあるのだな」

「門前仲町の『鍵十』といえば、ちょいと知られてますよ。武家屋敷や大店の蔵の錠前から、あちこちの番小屋や町木戸の鍵なんかも扱ってる店です」

「――錠前問屋、な……」

嵐山は疑り深い目になって、十手で自分の肩を軽く叩きながら、

「錠前の鍵職人ってことは、容易く開け閉めできるってことだよなあ……奴はなんで、桶屋なんぞに鞍替えしたんだい」

「さあ。特に聞いたことはありませんが、手が器用なのはたしかで、うちの長屋の傷んだところのあちこちも修繕して貰ってますよ……親分さん、弥次郎さんに何があったんです」

「酒に酔っ払ってたところへ、因縁つけられて大怪我をさせられたらしいが、誰かに恨まれてるようなことはねえかい」

「まさか。あんないい人はいませんよ。嫁さんが来ないのが不思議なくらいで」

「女房子供もいねえってことだよな」

「ずっと独り身です。私も大家ですからね、何度か縁談は持ちかけたのですが、自分みたいな貧乏職人には、嫁を貰う甲斐性はないってね……でも、子供は好きみた

いで、長屋の子供らと、鬼ごっこしたり石蹴りをしたりして、一緒に遊んでやってますよ」

「ふうん。そうかい……賭け事にははまってて、借金とかはねえのかい」

「飲む打つ買うとは縁がなさそうですがね。私らが見てても、何が楽しくて仕事をしているのかと思うくらいでして」

「つまらねえ奴だな……」

嵐山はそう言いながらも、岡っ引の勘が働いたのか、何かを隠しているとしか思えなくなってきた。その後で、他の長屋の連中にも話を聞いたが、平凡を絵に描いたような男で、定町廻り方が扱う事件とは無縁だった。

しかし、嵐山には、そのことが逆に、何か裏があるような気がしてならなかった。

北町奉行所近くで、佐々木と合流した嵐山は、その話をしたが、結局は何も分からず仕舞いだった。ただ、『瀬戸屋』近くの掘割から黒装束と頬被りが、荷船人足によって見つかったから、盗っ人が入ったことは間違いないであろうと、佐々木は思っていた。

「黒装束の奴らに殴る蹴るされたと、弥次郎は話していたが、見つかったのは一人分の黒装束だけだ。捨ててるのも妙だ……あいつは何か隠してる。必ずボロを出す。目を放さずにな」

と佐々木は命じた。錦のことを信頼していないわけではないが、相手が一枚も二枚も上手ならば、相手は女だから、何をしでかすか分からないからだ。

「つまりは、佐々木の旦那は、錦先生の身の上が心配なんですね」

「そ、そりゃそうだろう……」

「何を照れてるんですか。らしくもねえ」

「うるせえ。ちゃんと見張ってろ」

佐々木は子供のように怒って、嵐山を押しやった。

その翌日も、さらに翌日も──。

弥次郎は、錦の診療所の一室で世話になっていた。

中間の喜八は四十過ぎで、辻井の下で働いているついでに、錦の手伝いをしている程度であるので、医学には素人である。

当家の主人である辻井は自宅にはおらず、深川か向島にある妾の所に入り浸っているらしいが、実体は喜八ですら知らない。が、辻井は遠山左衛門尉から全幅の信頼を置かれている元吟味方与力であるからか、錦が何らかの危機に陥ったときは、密かに後ろ盾になっているようだった。

「しばらく、小父様とも会ってないけれど、無事息災なんですか。居候の身でありながら、なんだけど」

錦が訊いても、喜八は曖昧な笑みを浮かべて、

「相変わらずのことで、あっしも何処で何しているか、よく知らないですよ」

と答えるだけだった。

そんなはずはないと思うが、錦も必要以上に突っ込まなかった。

「錦先生は、大層、みんなに好かれているのですね」

と唐突に、弥次郎が話しかけてきた。

昼間には、錦に診て貰おうと、ずらりと患者の行列ができており、それでも嫌な顔ひとつせずに、ひとりひとり適切に応じている。その姿を目の当たりにして、弥次郎は感心していたという。

「当たり前のことをしているだけです。医者は目の前のひとりを助ける。父からも、

そう教えられました」

「お父っつぁん……いえ、お父上もお医者様でしたか」

「ええ、小石川養生所のね。でも、元々は、辻井さんと同じ与力でした。養生所見廻りのね。それが高じて、自分も医者に……」

「そうでしたか。立派な方たちばかりだ」

弥次郎は卑下しているような物言いで、錦に微笑みかけた。

「あっしなんざ、桶を作ってるだけの半端な職人ですが、先生はこうして人の病気や怪我を治して、人助けをしてる。でも、俺なんか世の中にいてもいなくても同じで……」

「何を言うのです。あなたの桶がなければ、私は水も汲めないし、赤ん坊が生まれるときに産湯にも浸からせられないわ」

「そうおっしゃって下さると、恥ずかしいけれど、有り難いです……」

照れ笑いをした弥次郎だが、まるで思春期の男の子が恋でもしたかのような、はにかんだ表情だった。

「先生、実は……」

と弥次郎が何か言いかけたとき、様子を見ていたのか、中庭に立った村上が、

「おい。錦先生は北町奉行所の与力や同心、みんなの大切なお人だからな。下心丸出しで居座るんじゃないぞ」

と乱暴な声を上げながら近づいてきた。

「先生……うちに来て貰うのも申し訳ないから、こっちから訪ねました」

改めて、奉行所勤めを休んでいる様子などを、錦に話しに来たのだ。

「そうね……内田さんからは芳しくないと聞いてますが、あなた自身はどう考えておりますか」

錦は番所医として、村上の様子を窺うように見た。苦笑いを浮かべながら、村上は正直に話すと言って、座敷に上がった。心に抱えている問題だから、弥次郎のことは喜八に任せて、別の部屋でふたりだけになった。

「やはり、今の仕事が嫌なのですか」

率直に訊く錦に、村上は当然のように頷いたものの、

「まあ、宮仕えってのは、上からの命令がすべてですからね。文句は言えないが、性に合わないことをずっと続けるのは、正直言って地獄のような苦しみだよ」

「自分は何に向いていると思いますか。どうありたいと考えてますか」

「そりゃ、定町廻りに戻って、悪い奴らを縛り上げて、刑場に送りたいよ。世の中には、優しい顔をして、悪さを繰り返している奴がゴマンといるからね」

「ゴマンといますか」

「ああ。先生のように、体や気持ちが弱った患者ばかり診ていたら、分からないかもしれないが、小人閑居（しょうじんかんきょ）して不善を為すってね、人間てなあ、隙さえありゃ、悪いことを企んでるんだよ」

チラリと弥次郎のいる方を見た村上の目つきは、完全に何かを疑っていた。

「そうですかね……こつこつと真面目に働いている人が圧倒的に多いと思いますよ。市中取締諸色調掛りというのは、たしかに根気のいる仕事かもしれませんが、毎日、身を粉にして働いている庶民たちの暮らしにとって、大切な仕事じゃないですか」

「ですかね……」

「そういう勤めに誇りを感じませんか」

「錦先生の言いたいことは分かるが、やはり持って生まれた性分てのがある。俺は、毎日、緊張というか、何かに追い詰められていないと、体が腐っちまいそうで……

まったく眠れないんだよ」

「眠れない……」

「ああ。だから、頭は痛いし、苛々も募ってくるんだよ」

「そうですか。不眠というのは、気(き)や血(けつ)、水(すい)……そして、五臓六腑の乱れから起こりますからね。お酒も控えた方が宜しいでしょう。嫌な勤めによる不安や焦りもあるようなので、今日のところは、三黄瀉心湯(さんおうしゃしんとう)と黄連解毒湯(おうれんげどくとう)を処方しておきますね。すみやかに眠れると思います」

「有り難い……それより、定町廻りに戻れるのが一番良いと思うのだがね」

村上はそう言って、上役の内田よりも佐々木の方がウマが合うとも付け加えた。たしかに、奉行所内での人間関係の影響もあると、錦は考えている。

実は、人事を担っている年番方与力の井上多聞にも、錦は話を聞いていたが、

——村上が定町廻りから外されたのは、下手人を追い詰めすぎるから。

というのが一番の理由らしい。

捕縛できるところを斬り捨ててしまったり、逃げ場を失った者が自害したりすることもあったという。そのことで探索が止まり、真実が不明で真相を暴けないこと

もあった。だが、そのことを錦は言わず、

「とにかく、様子を見てみましょう。佐々木様も言っていたとおり、頃合いを見て、定町廻りに戻して貰ってもいいし、臨時廻りや隠密廻りを担えるよう、私からも、お奉行に掛け合ってみますよ」

と言った。

錦の言葉に村上は安堵したのか、険しい顔がわずかだが緩んだ。

すると——。

弥次郎が這うように、廊下からふたりの方に近づいてきた。喜八が支えているものの、一体何があったのかと、錦と村上は思った。

「せ、先生……旦那……実は、話したいことがありやす」

喜八に支えられて、弥次郎は片足を伸ばして座った。

その目には涙が溢れており、只ならぬ切羽詰まったものがある。錦はどうしたのかと問い返すと、

「へえ……『瀬戸屋』の蔵に忍び込んだのは、あっしです……そこで百両ばかり盗んで逃げようとしたのですが……」

と弥次郎は、自分が犯したことを順番に話した。鍵職人をしていたことも話し、大概の蔵の鍵はお手のものだと伝えた。

あまりに唐突な話に錦は驚いたが、村上の方は「やはりな」というふうに目をギラつかせた。

「ですから、黒装束の奴らに殴る蹴るされたのは嘘で、あっしが黒装束を着て……」

話している弥次郎を止めて、村上が訊き返した。

「どうして、白状しようと思ったのだ」

「それは……」

「盗み損ねたから、罪にならねえとでも思ったのか」

「いえ……先生にこうして助けられたり、そこで旦那の大変な思いを聞いていて、俺はなんて駄目な人間なんだ、情けない奴なんだと、胸が苦しくなりやして……」

「正直に話したのは褒めてやるが、ただじゃ済まねえぞ」

「はい。死罪は覚悟してます」

意を決したように言った弥次郎に、村上は苦笑を返して、

「ふん。失敗してるのだから、いくらなんでも死罪は大袈裟だろうよ。だが……」

「いいえ。余罪がありやす」

「なんだと……？」

村上から苦笑が消えて、少しばかり厳つい顔になり、乱暴な口調になった。

「何をしやがったんだ。いい加減なことをぬかすと、承知しねえぞ」

「この前、旦那が話してた〝曼荼羅小僧〟ってのは、あっしです……いや、自分で名乗ったのではなく、旦那が命名してくれたんでやすが、それはあっしです」

また唐突な話に、村上は慎重に見極めようとしていた。

「これまで、この十年の間に、あっしは九回、盗みに入りやした。いずれも、そこそこ大きな商いをしている店です」

「……」

「でも、盗むのは百両と決めてました。バレにくくするためです。店にも負担をかけないためです。案の定、これまでバレたことがありません。〝曼荼羅小僧〟と呼ばれるほど、悟ってはいませんが、金を盗んでも、贅沢はせず、目立たぬように暮らしてきました」

滔々と語る弥次郎を見ていて、村上はしだいに険しい顔になってきて、

「――てめえ、何のために、そんな大嘘をこいてるんだ」

「本当の話です。私を捕らえて、お白洲に引っ張り出せば、旦那は大手柄で、定町廻り同心に戻ることができ、よく眠ることができるんじゃありやせんか」

「何を言ってるのだ、おまえは」

「ですから本当に、私は〝曼荼羅小僧〟でして……」

「だったら、証拠があるのか。証拠が。てめえみたいな奴を下手にお縄にしちゃ、今度はこっちが咎められるんだよ」

「本当です。嘘だと思うなら、調べて下さい。あっしの長屋を調べてみて下さい」

無罪を主張するなら分かるが、罪人である証拠を出すなどと、前代未聞の状況に、村上は鼻で笑って突き放すように言った。

「てめえみたいな奴を相手にしてる暇はないんだ。勝手にほざいてろ……先生、こいつは頭がどうかしてるぜ。それこそ打ち所が悪かったんだろうよ。ちゃんと診てやった方がいいんじゃないか」

吐き捨てるように言って、村上が立ち去るのを、錦は冷静に見送っていた。

五

その日のうちに、村上は小耳に挟んでいた弥次郎の長屋に来ていた。きちんと黒羽織に着流しという町方同心の姿である。

定町廻りをしていた頃は、この神田界隈も縄張りのように歩いていたから、大家の利兵衛も村上とは顔見知りだった。先日も岡っ引の嵐山が来たと説明しながら、案内をした。

「――やはり、何かやったんですか、弥次郎さんは」

利兵衛は心配そうな顔になったが、村上は首を横に振りながら、

「ちょいと気になるところがあるだけだ。おまえさんは仕事に戻ってよいぞ」

と帰して、表戸を閉めた。

桶職人らしい道具や材料が揃っている以外は、何の変哲もない長屋の一室である。

村上は土間から床下を覗いたり、道具箱を重ねて踏み台にして、天井裏を覗いたりしたが、特に変わったところはない。土間の水桶や竈の中も調べたが、弥次郎が

話していた金らしきものはなかった。

改めて室内を見廻すと、一枚だけの畳が妙に目についた。剝がしてみても床板があるだけだが、その一枚を取ってみると、床下には、土間からは見えなかった三尺四方くらいの隙間があった。

そこには、鉄製の道具箱があった。火事避けのために大事な物を仕舞っておく所だ。

なんと——そこには封印小判が、三十個くらいはある。

引っ張り上げようとしたが、かなり重い。それでも踏ん張って持ち上げて、蓋を開けてみた。


「⁉……」

村上は思わず辺りを見廻した。室内を覗いている長屋の住人は誰もいない。

短い溜息をついて、傍らにあった木製の道具箱を空にし、封印小判を移した。鉄製の道具箱は床下に戻して、床板をはめ畳を敷き直した。そして、何食わぬ顔をして、道具箱を抱えて表に出た。

そのまま木戸口から出ていこうとすると、利兵衛が声をかけた。

「村上の旦那、ご苦労様です……それは？」

「見てのとおり、道具箱だ」

と言ってから、村上は声を潜めて、

「大家だから耳に入れておくがな、弥次郎は『瀬戸屋』に盗みに入った疑いがある」

「えっ。『瀬戸屋』って、あの乾物問屋の……」

「そうだ。噂は聞いたことがあるだろう」

「は、はい……」

「盗みには失敗したが、その帰りに怪我をして、ある町医者の所で養生している」

「ええッ……怪我をしたのは、嵐山親分からも聞いてましたが、弥次郎さんが、そ、そんな大それたことを……」

「ハッキリするまで、まだ内聞にな。これが盗みに使った道具かもしれないので、調べるために持ち帰る」

村上が言うと、利兵衛はもう一度、「ご苦労様です」と声をかけて見送った。

道具箱を自分の組屋敷に持ち帰った村上は、改めて封印小判を数えてみると、三十二個あった。八百両の大金だ。三十俵二人扶持の同心は、小判に換算すれば十両に過ぎない。ざっと四十年分の稼ぎに相当する。袖の下を取っていても、これだけの額にはならない。

「――あのやろう……〝曼荼羅小僧〟だってのは嘘じゃなかったようだな」

村上はひとりごちて、丁寧に封印小判を自分の屋敷にあった壺に入れ始めた。

封印を調べていると、『越前屋』『豊後屋』『常陸屋』……など被害を受けたと届け出があり、自分が探索した大店の屋号が並んでいる。改めて、弥次郎が件の泥棒だと確信した。

「それにしても、都合九百両も盗んだはずだから、これだけの金が残っているということは、この十年で百両しか使ってないってことか。年に十両……それくらいなら、ひとり暮らしなら、少々の贅沢をしても充分やっていける。バレないよう用心してたってことか……ふん。真面目な盗っ人ときたもんだ。いや、真面目な奴が盗みなんぞするかッ」

村上は呟きながら、殊勝な弥次郎の顔を思い出して、妙に苛ついた。

その翌日――。

佐々木が、嵐山とともに、また錦の診療所に訪ねてきた。忌々しげな顔つきで、

弥次郎に頭突きでもくらわすほど近づき、

「いい加減なことをぬかして、お上を愚弄するとは許せないやろうだ」

と迫った。

傍らで、錦が他の患者を診ているにも拘わらず、乱暴な口調で弥次郎を罵った。

「おまえは、本当に『瀬戸屋』に押し込んだんだろうな」

「押し込んだのではありやせん。忍び込んだのです」

「うるせえ。どっちも同じじゃねえか」

「いいえ。押し込みは……」

「黙りやがれ。てめえは、〝曼荼羅小僧〟だとぬかしやがったそうだが、俺たちが改めて調べてみたが、その証なんぞ、どこにもねえ。盗んだ金もねえ」

「えっ……そんなことは、ありません。ちゃんと調べて下さいましたか」

「調べたよ。天井裏から床下、水甕の中から底、畳の下の火事避けの土倉までな」

「でしたら、そこに鉄の道具箱がありまして、その中に……」

「ねえよ。空っぽだよ」

「ええッ。そんなことがあるはずが……！」

狼狽した弥次郎の胸ぐらを、佐々木はガッと摑んで、

「何が狙いだ、てめえ。そんな嘘をついて、『瀬戸屋』から目を逸らそうってのか。他に何か調べられて、まずいことでもあるのか、エエッ。正直に吐きやがれ」

乱暴に揺さぶる佐々木の手を、錦は思わず摑んで、

「よして下さい。私の患者に何をするのですか」

「患者って、先生……こいつは、もしかしたら盗っ人を装った凶悪な奴かもしれないんだぜ。事実、自分が盗っ人だと嘘をつきやがった。嘘つきは泥棒の始まりっていうが、こいつは泥棒のくせに大嘘をついて、探索を混乱させようとしているんだ」

「違うよ……」

弥次郎は首を振ったが、佐々木はまた摑みかかろうとした。その腕の肘を、錦はグイッと逆手に捻り上げて、

「盗んだのが嘘なのなら、罪人じゃないでしょ。他に罪があるというなら、罪を犯した証拠を摑んでくるのが、町方同心のお仕事なのではありませんか」

「いてて……いてえよ、先生……おい、嵐山、先生をどうにかしろ」

と佐々木は命じたが、嵐山は女を相手にどうしてよいか迷っているだけだった。

錦は佐々木の肘をさらに決めて、

「何かしたかもしれない――という憶測だけで、こんな乱暴をしていいのですか」

「アイタタタ……ら、嵐山……おい……」

悲痛な声になった佐々木を突き放して、錦は「帰って下さい」と毅然と言った。

佐々木は捻られたところをさすりながら、顰(しか)め面ながらも舐めたような口調で、

「どうせ先生に痛めつけられるなら、寝床の上がいいな」

と言った次の瞬間、錦の拳が佐々木の顔面に入っていた。仰向けに倒れた佐々木は、さすがに鼻先を手で覆いながら、

「せ、先生こそ、していいことと悪いことがあるぜ」

「手加減したんです。鼻を折りましょうか。大丈夫です。後で直して差し上げます」

「ふ、ふざけるなッ……」

「ふざけているのは、そちらです。このことは、キチンと年番方与力の井上様を通して、お奉行にも伝えて貰います」

「少しばかり、遠山奉行に目をかけられてるからって、いい気になるなよ。こっちは筆頭同心なんだ」

「だから、注意して差し上げてるのです」

「――チッ。ああ言えば、こう言う……覚えてやがれ」

「ならず者の捨て台詞と同じですね」

「このクソ女！」

佐々木はサッと飛び退ると、ガキのように舌を出して逃げ去った。嵐山は申し訳なさそうに、大きな体を折って謝ってから、追いかけていった。

そんな様子を見ていた弥次郎は、俄に不安を覚えたのか、柱に摑まって立ちあがり、家に帰ろうとした。それを錦は止めて、診ていた患者の治療を終えてから、一緒に長屋に行くと伝えた。

駕籠を雇って、神田松下町の長屋に行く道々、錦は色々と考えを巡らせていた。なぜ、弥次郎は、処刑を覚悟してまで、自分が盗っ人だと告白したのか。それが嘘だとしたら、何故、そんな出鱈目な話をしなければならないのか――。

錦に付き添われて長屋の自室に入った弥次郎は、アッと声を上げて、真っ先に這うように床の上に放置されたままの道具の前に座った。鉋(かんな)や鑢(やすり)、錐(きり)や鋏、小刀などが蹴散らされたようにあるのだ。

「酷いことを……これは佐々木の旦那と嵐山親分がやったんですかね……俺の商売道具を、こんなことしなくても……」

見廻しながら、弥次郎は道具箱がないことにも気づいた。

「これを入れていた桐の箱がない……」

見やると土間の竹や板、材木なども倒れたままである。情けない溜息をついてから、弥次郎はなんとか畳をずらして、床板を外そうとした。錦はすぐに手伝って、下にある鉄箱を引っ張り上げた。

「――ここに、隠していたんです……この十年間に盗んだ九百両のうち八百両を」

弥次郎はそう言いながら蓋を開けると、中は空っぽだった。

「⁉……そんな……そんな馬鹿な……」

目を丸くした弥次郎だが、鉄の箱の位置が少しズレていたことに疑念を抱き、

「も、もしかしたら……佐々木の旦那たちが持ち逃げしたんじゃ……」

と不安が込み上げてきた。

「まさか……そんなことはしないと思うけれど……」

「分かるもんか……人間ってなあ、見慣れない大金を目の前にすると、一瞬にして心の鏡が曇っちまうんだ」

悲痛な顔になる弥次郎の顔を、錦はじっと見つめて、

「まるで自分がそうだったようね」

「ああ、そのとおりだ……俺は、人に言えねえほどの、ド貧乏だったからな」

弥次郎はペタリと座り込むと、空の鉄の箱に触れながら、自分の生い立ちを語った。

父親は新川の上流で川漁師をしていたが、決して裕福ではなかった。母親が早くに病死してから、父親は働くどころか、酒浸りになって、弥次郎を邪険にするようになったという。

理由は、自分の本当の子ではないのではないか、という疑念だった。父親は、元は茶屋女で浮気性の母親を疑っていたのだが、亡くなったからには、問い質すこともできない。ただ、

――おまえは、死んだ女房が昔惚れていた男に似てるんだ。だから、おまえを見

ていると腹が立つんだよッ。と父親はよく言っていた。そして、気に食わないことがあると、終いには弥次郎に対して、殴る蹴るの暴力である。

たまらず家を飛び出した弥次郎は、母方の遠縁の者を頼り、深川の錠前問屋『鍵十』に入った。主人が〝鍵屋十兵衛〟と名乗っていたことから、この屋号になったという。

「あるとき、事件が起こりやした……三木助って手代と一緒に、近くの商家まで、壊れた蔵の鍵を直しにいったときです……蔵の中には金庫があって、それも錆び付いているから直してくれって話でした」

弥次郎はまだ見習い同然だったが、生来、器用なせいか、店の者たちに可愛がられていた。三木助と一緒に、金庫を開けると、そこには――百両ばかりの小判が入っていた。

「おそらく先代か内儀のへそくりだったと思うのですが、店の主人は『どうせ何もないだろうが、昔の証文などがあるかもしれないから』ってんで開けたんでさ……そしたら、その金だ。三木助はそれをネコババして、『何もありやせんでしたね』

としらばっくれました」

「あなたは、どうしたの……」

「喋ったら、店にいられないようにしてやるからって、脅されやした……まだ、十三、四のガキです。三木助に睨まれたら、それこそ食い扶持に困る。一両だけ貰って、黙ってました……」

深い溜息をついてから、弥次郎は続けた。

「でも、三木助は味をしめたのか、同じようなことを繰り返した上に、店の帳場にあった金にも手を出して姿を眩ましました……お陰で、俺のせいにされました。俺の荷物から、五両ばかり、見つかったからです」

「……」

「ぜんぶ、三木助から口止め料で貰ってたやつですが、誰も信じちゃくれねえ……本当なら、お上に突き出すところだが、一度だけ大目に見てやると、店から追い出されました」

「なのに、あなたは泥棒をしたってわけ？」

錦が訊くと、正直に弥次郎は頷いた。

「最初は、たまさかでしたが……嫌味な商人に物乞い扱いされて、用心棒の浪人に斬り殺されそうになりました……」

腹いせに、その商人の蔵に入り、百両だけ盗んだという。

「鍵を開けるのはお手のものでさ。でも、千両箱ごと盗んだりすりゃ、お縄になりやすいし、そもそもあんな重いもの、なかなかひとりで運べるもんじゃない」

「それで、百両だけ……」

「十両でもよかったんだけれど、つい欲が出た……三木助のことを笑えねえ……その金を元に、桶師をやろうと思いました。意外と仕事が多くて、稼ぎもいいからです。でも、長屋じゃ、大きな風呂桶なんぞは作れないので、細々としたものを……」

「仕事は上手くいってたのに、どうして……」

「盗みをって……へえ。ありゃ、癖です」

「癖……」

錦は納得できないではなかった。この手の泥棒や掏摸は何人も見てきたからである。

「百両もありゃ、充分なんですが、なんというか……人のことを馬鹿にしたり、意地悪をしているような、見ていて腹が立つ商人がいると、ついつい盗みたくなるんです。親父を見ている気分にもなって……」

「それも腹いせ……ですか」

「でも、多くても百両と決めてやした。大店ならば、バレにくいからです。バレたとしても大騒ぎにならない……」

「でも、またやった……」

「『瀬戸屋』ともちょっとしたことがあって……これで最後だと思ったけれど、ドジを踏んでしまった……やはり、悪いことは誰かが見ているんでしょうね」

「ちょっとしたことって？」

「あの店は、将軍家御用達だから、人のことを塵芥扱いしているんですよ、いつも。あっしも、人を介して頼まれた手桶を届けにいったとき、『こんな汚いもの使えるか』って、投げ捨てられやした……」

両肩をガックリ落とした弥次郎だが、鉄箱に隠していた小判が消えたことには、さほど執着はなさそうだった。それよりも、

——誰が盗んだか。

の方が気になっているようだった。

「その前に、弥次郎さん……どうして、すべてを話して、死罪になろうなんて思ったんです……黙っていれば、誰も気づかなかったはずではありませんか？」

「月も出てない夜を選んでやってたんだが、お天道様には見られてた気がしますよ」

「後ろめたかった……ということね」

「というより、生きててもしょうがない。そう思ったと言う方が正しいかもしれやせん」

「生きててもしょうがない……」

「ええ。だって、親もいなけりゃ、女房も子供がいるわけでもねえ……ていうか、盗みをしているような俺だから、女房を貰わなかったんですけどね」

「……」

「それに、こんなに金を盗んだところで、誰かのためにもなってねえ。鼠小僧のように、人に恵んでやる度量もありやせんし」

自暴自棄になっているのか、生きる喜びを見つけ出せないでいるのか分からないが、錦は、何処か村上と通じるものがある気がした。勤めに生き甲斐を感じない奉行所役人がいることも、錦は常々感じていたからである。

だが、弥次郎が本当に〝曼荼羅小僧〟かどうかは、錦にも分かりかねていた。この十年で九百両も盗んだというのは、自分が話しているだけだからである。

その昔も、「自分は鼠小僧だ」と名乗り出てきて死罪を望む者は何人もいた。自分を一角(ひとかど)の人物に仕立て上げて、世間を騒がせる輩は、少なからずいる。

錦は、弥次郎を刺激しないよう気持ちを落ち着かせた上で、大家の利兵衛に見守るよう頼んでおくのだった。

六

北町奉行・遠山左衛門尉景元(かげもと)に、佐々木が呼ばれたのは、『瀬戸屋』の一件についてであった。定町廻り方には、与力がいない。筆頭同心が直に、奉行から指示を受けることになっている。

いつになく遠山が険しいのは、将軍家に上納する白魚やその干物を扱う『瀬戸屋』だからこそである。実は、百両を盗み損ねたことが問題なのではなく、賊に入られたということで、蔵の中の乾物はすべて廃棄せざるを得なかったのだ。万が一、毒などが混入させられて、上様や大奥などの口に届かないとも限らないからだ。

その損失は、三千両近くに及び、公儀からの信頼も失せたということで、『瀬戸屋』にとっては店が潰れる一大事である。

「つまりな、佐々木……此度の一件は、単なる盗っ人騒ぎではなく、将軍家御用達の大店の暖簾に関わっているということだ。毒云々の話は、明らかな証があるわけではないが、念には念を入れて、廃棄を命じた」

「そ、そうだったのですか……」

遠山の言葉に、佐々木は萎縮してしまった。

「信頼を失ったからには、『瀬戸屋』からは二度と上納させることはない。鑑札を取り上げるわけではないゆえ、商いをするのは勝手だが、他の客足も遠退くかもしれぬな」

「それは、あまりの仕打ち……主人の麻兵衛は正直とも言えます。百両くらい、黙っていれば、こういう事態には……」

ならなかったのにと、同情の念を隠せない佐々木だった。逆に、どうしても盗っ人を捕縛せねばならぬと、己を鼓舞するのであった。捕らえることで、毒を混入させたかどうかも、明らかになるかもしれないからだ。

「引き続き、鋭意、探索を致しますれば」

佐々木が決意を語ると、遠山は「待て」と傍らにあった綴り本を差し出した。

「『瀬戸屋』の一件はもうよい」

「──は……？」

「いずれ、自分で解決することであろう。それよりも、似たような事件が過去にもあった。永尋書留役にて調べ直して浮かび上がったものだ」

永尋とは〝迷宮入り事件〟のことで、解決しないままの書類の中から、此度の『瀬戸屋』と似たような事件を書き留めたものだ。そこには、日本橋海産物問屋『越前屋』、深川材木問屋『豊後屋』、京橋米穀問屋『常陸屋』、神田油問屋『相模屋』、蔵前札差『千石屋』……などの屋号が記されている。

「錚々たる大店でございますね……」

佐々木が首を傾げて、これがどのように『瀬戸屋』と関わっているのか、すぐには理解できなかった。大店ではあるが、将軍家とか幕府、御三家などと取り引きのある大店ではないからだ。

「もう何年も前のもあるが、いずれも被害は、百両……なのだ」

「百両……」

ぽつり呟いた佐々木の脳裏には、此度の盗っ人が盗もうとした金、そして、村上の話していた〝曼荼羅小僧〟のことが浮かんだ。佐々木は、遠山に簡単に説明をした上で、

「――もしかして、お奉行は此度も、〝曼荼羅小僧〟と同じ奴の仕業だと、ご推察なさっているのですか」

「かどうかは分からぬが……そこに記されておる大店が被害にあったとき、探索をしたのは誰だったか、承知しておるか」

「え……いえ……私が筆頭同心になったのは、二年前ですし、もちろん十何年、勤めておりますが……ああ、そうでした。たしか、村上左近だったと思います」

佐々木は思い出したように言った。

「おまえは、村上のことを買っており、先より、定町廻りに戻したがっておるが、何故、俺が許さないか承知しておるか」

「は？……え、ええ……あまり素行は良くないからです。探索となれば、つい頭に血が昇るようで、乱暴になってしまいます。そのせいで、事件があやふやになったこともあります。でも……」

庇うかのように続けようとする佐々木を、遠山は止めて、

「そのとおり。事件をあやふやにさせる。それが奴の遣り口だった節があったのだ」

と真剣な目を向けた。

「――まさか、村上はわざと、やっていたとでも……」

「そこも曖昧だから、外したのだ。だが、その文書にある屋号は、いずれも小さな事件だ。江戸でも名の知れた大店なのに、それぞれ百両しか盗まれておらぬ……と届け出ておる」

「はい……」

「ところが、その後でキチンと店の者が調べると、さらに数十両足らぬ、らしい」

「つまり……他にも誰かが盗んだと……」

「それぞれ店の者は、なんども算盤を置き直したり、店の者をきつく調べたりしたが、まったく手落ちはなかった」

遠山は佐々木を凝視し続けて、

「つまり、盗っ人がもっと盗んでいたか、でなければ……探索を担った同心か岡っ引が、ドサクサに紛れて手を出した……とも考えられる。身内を疑いたくはないがな」

と冷静ではあるが、怒りに満ちた声で述べた。佐々木はハッとなって、

「ま、まさか……村上がやったとでも……」

「でないとしたら……おまえだな」

強いまなざしになった遠山に、佐々木は冗談ではないと首を振った。

「私はそんなことは決して……！」

「だが、〝曼荼羅小僧〟こと弥次郎とやらの長屋を調べたのは、おまえと岡っ引の嵐山だけらしいではないか」

「誰が、そんなこと……」

佐々木はハッとなって、まるで咎人が無罪でも主張するかのように、

「はちきんが、いいえ、八田錦先生が何を話したか知りませんが、私は何もしてやせんよ。本当ですって」

「何を狼狽しておる」

「い、いえ……私は本当に何も……」

遠山は罪人を吟味しているかのように、じっと見据えて、

「たしかに、錦先生も弥次郎と一緒に長屋に帰って調べたところ、何もなかったとのことだ。しかし、弥次郎は、床下の鉄箱に入れていた八百両が消えたと言い張ってる……おまえたちが、こっそり取ったに違いないとな」

「お、お奉行……それはないでしょ。私が疑われるなんて……」

「しかし、おまえは、その書類にある大店も調べてるな、村上と一緒に」

「えっ……まさか、私が店の金をちょろまかしたとでも……」

「やってないのか」

「馬鹿なことを言わないで下さい」

「俺だって、何も証拠がない話をしているわけではない」

「どのような証拠が……」

「隠密廻りに調べさせたところ、おまえは常々、袖の下を取っているそうではないか。つまり、金には汚いということだ」

責め立てる遠山に、佐々木は半ばムキになって、

「決して、さようなことはしておりません。やったとしたら、そうだ……嵐山だ。初めに、弥次郎の長屋を調べに行かせたのは私です。もしかしたら、嵐山の奴、それを見つけて、変な気を起こしたんじゃ……」

「自分で雇っている岡っ引を疑うのか」

「そんなことをおっしゃるのなら、お奉行は私のことを信じて下さらないのですか」

「袖の下を取っている者の言うことなど、聞く耳を持たぬ」

「えっ……でも、それくらい誰だってやってるじゃありませんか」

「そういう心がけということだな」

「お、お奉行……」

佐々木は情けない顔になって、両手をついて、自分は一切潔白だと言い張った。そして、嵐山を捕らえて、きちんと吐かせると申し出たが、遠山は冷笑を浮かべて、

「岡っ引のせいにして、自分は素知らぬ顔をするつもりか」

「ち、違います……」

「村上を定町廻りから外したのは、俺の差配だ。理由はさっき言ったとおり、事件の真相がうやむやになったことが、少なからずあったからだ。だが、配置換えが気に食わないと、出仕を拒んでいるとのこと、内田からも訊いておる」

「……」

「つまりは、定町廻りにいた頃に、おまえの扱いが甘かったということだ。村上とおまえがつるんで、大店の金をくすねていた事情も、捨てきれぬ」

「ご勘弁して下さい。私は決して……」

「もうよい」

遠山は決然とした顔になって、ハッキリと言った。

「向こう一月の謹慎を申しつく」

「えっ……」

「袖の下のことも含めて、篤と反省するがよかろう。その間に、おまえがやらかしたことを探索して、改めて詮議する。下がれ」

愕然となる佐々木は、それでも申し開きをしようとしたが、隣室に控えていた年番方与力の井上が近づいてきて、促して立ち去らせるのだった。

「――これで、よいのかな、〝はちきん先生〟様よ……」

無頼な声になって、遠山はニンマリと笑った。

七

その翌日、錦が〝堅固〟の状態を診る達者伺いのために、北町奉行に出仕すると、いつもの如く騒ぎながら並んでいる与力や同心の中に、村上左近の姿があった。同心仲間と会話を交わしている村上の顔色は、すこぶる良さそうだった。

順番が来て、錦の前に座った村上は、

「此度のことでは、色々と世話になった。改めて礼を言う」

と威儀を正して言った。

「お渡しした、薬は役に立ちましたでしょうか」

「ええ。すっかり、この通り……少々、苦かったですがね」

「それは良かった。村上さんが筆頭同心として陣頭指揮を任されるのは、まだ先のようですが、佐々木様に代わって、定町廻りを守り立てて下さい」

「そう願いたいところだが、しばらく定町廻りを離れていて、どうも調子が良くないので……今日は先生に別れを言いにきたのだ」

「別れを……」

「佐々木様が謹慎というのには、驚いた……年番方の井上様から聞いたが、拙者のことを取り立てて下さっていたのに、〝曼荼羅小僧〟が盗んでいた金を、こっそりと取ったというのは、本当のことなのか」

「ええ。そのようですね。あなたが、もしや……と気づいた後に、佐々木様が、あいつの長屋を調べたら、見つかったらしいのですがね。それを……」

錦は、他の与力や同心もいるから、弥次郎とは名指しせず、〝あいつ〟と称して話をしたが、村上は当然、分かっており、

「――佐々木様が、そんなことをね……そんな人とは思いもしなかった」

と深い溜息をついた。

佐々木が一月の謹慎を命じられたことは、奉行所内では分かっていたことだが、その理由が、「盗っ人の金を横取りした」ということで、役人たちは気色ばんだ。中には、「あいつなら、やりそうだ」と、ここぞとばかりに悪し様に言う者もいた。

だが、村上は殊勝な態度で、

「長年、一緒に十手を握ってきただけに、なんとも複雑な思いです」

と囁くように錦に向かって言った。

「ですがね、村上さん……肝心の盗まれた金ですが、わずか百両なんですよ」

「えっ……？」

キョトンとした顔で、村上は錦を見やった。

「あいつが白状したのは、二千六百両もの金を貯め込んでいたということなんですがね、佐々木様が盗んだのは、百両……残りが消えてるのです。もっとも、あいつの数え間違いかもしれないし、勘違いかもしれない」

「……」

「もしかしたら、見栄を張っているだけかもしれませんがね。つまり、二千五百両もの大金がなくなったと、あいつは証言しているわけです……おぞましいことに」

錦は、微かに揺らめいた村上の目を見つめながら、

「いずれにせよ、町方同心のくせに、しかも定町廻りがとんでもないことをしたのですから、切腹は免れませんね」

「切腹……」

「それはそうでしょ。私も佐々木様には色々とお世話になりましたが、はっきり申しますが、万死に値しますね」

腹立たしげに言ってから、錦は村上をもう一度凝視して、

「ですから、村上さんに、佐々木様の犯した事件を解決して貰いたい。定町廻り復帰の最初の捕り物にと思ったのですが」

と誘ってみた。

錦の艶っぽい瞳に、村上の大きな体が、一瞬、前のめりになったが、「とんでもない」と首を振って、

「さっきも言ったとおり、休んでいたせいで、十手を扱う自信もなくなった……かといって他の役職もどうも……」

「では、どうするのです。このまま何もしないのに、御公儀が扶持米をずっと払い続けることはないと思いますよ。浪人になっても、宜しいのですか」

「――まあ……妻子がいるわけでもないので、どうにでもなると思う」

村上は諦めたようにもう一度、頭を軽く下げて、

「錦先生に診て貰えなくなるのは寂しいが……いや、体の調子が悪くなったら、組屋敷の診療所の方に行くから、そのときは、宜しく頼む。では、これにて」

と立ちあがると、他の与力や同心たちにも挨拶をして立ち去った。

その夜は、今にも雨が落ちそうな厚い雲が広がっていて、ぼんやり出ていた半月も、すっかり見えなくなっていた。

権太長屋の住人たちは、すっかり眠りに入っているのか、明かりはすべて消えていた。

木戸口から入ってきたのは、同心姿の村上だった。まっすぐ奥の弥次郎の部屋に向かうと、表戸を開けようとした。

だが、中から心張り棒が掛かっているのか、ビクともしなかった。仕方なく裏手

に廻った村上は、障子に手をかけると、意外にも容易に開いた。中は真っ暗で見えないが、人の気配はない。

雪駄のまま、そっと踏み込むと、ミシッと板間の音がしたが、誰にも気づかれた様子はなかった。しばらくすると、目が慣れてきたのか、村上は一枚だけある畳の所に来た。

――隠すとしたら、ここしかないはずだ……。

胸の中で呟き、畳をずらして、床下の隠し倉に首を突っ込んだ。鉄箱はそのままある。引っ張り上げて中を見たが、もちろん自分が盗んだのだから、空っぽであった。

さらに手探りで床下に手を伸ばすと、ずっと奥に似たような鉄の塊みたいなものに、指先が触れた。だが、何かは分からない。村上はさらに首を中に入れて、見ようとしたが、闇の中では調べようがなかった。ましてや、大きな体ゆえ、床下に入ってみることも難儀である。

――仕方がねえ……明日にでも、やはり定町廻りに戻ると申し出て、堂々と調べてみるとするか……。

そう思って立ちあがったとき、長屋の他の部屋に、次々と行灯の明かりがつき始めたのが見えた。

「⁉——」

まずいと思った村上は息を潜めて、部屋の隅っこに立っていた。

表から、住人たちであろうか、声がする。

「おい。弥次郎さんや。寝てるのかい。なんだか、物音がしたけどもよ」

「近頃、この辺りも盗っ人が増えたからな。気をつけろよ」

「体は大丈夫かい。もう動けるかい」

「妙だな……返事がねえ」

「本当に、何でもねえのかい、弥次郎さんや。ここを開けとくれ」

ガタガタと表戸を開けようとする様子が、村上には手に取るように分かった。

まずいと思ったが、下手に動くと余計に怪しまれる。そっと裏から出るしかない。

もし、見つかったら、何事かと十手を見せればいい。こういうこともあろうかと、かつて手にしていたものを懐に入れていたのだ。

「もしかしたら、殺されてるかもしれねえ……ああ、昼間、妙な奴らが来て、何か奪って逃げてたようだしな」

「そうだな。俺たちも危ねえ。番屋に報せた方がいいんじゃねえか」

「急げ、急げッ」

などと声がしたが、村上は冷静になって、入ってきた所から出ようとしたとき、

「痛え、痛え！」

と土間から大声がして、人影が立ちあがった。

さすがに驚いた村上は「何奴だッ」と声を発して、刀に手をかけた。

「おまえこそ、誰でえ……と言いたいが、よくぞ、おいでなすった、村上様」

水甕の後ろからヌッと立ちあがったのは、嵐山だった。

「ら、嵐山……⁉」

背筋を伸ばしながら、嵐山は村上に近づきながら、

「ああ。窮屈でたまらなかった……で、村上様は一体、何をお探しだったので？ここは、あっしらが先日調べましたが、何も出てきやせんでした。そうお伝えしてますよね」

「──何の真似だ……」

「お答え下さいやせんか。何をお探しで」

「おまえに答える必要はない」

「錦先生が話した、二千五百両の金のことなら、ここにはありやせんぜ」

「なに……？」

「あれは、本物の〝曼荼羅小僧〟とやらが盗んだ金のことで、弥次郎とは違いやす。なんで、弥次郎のことと思ったんでやす」

「……」

「おそらく、錦先生は〝あいつ〟としか言ってなかったと思うのですが、どうして弥次郎のことだと？」

暗闇の中ではあるが、明らかに村上の表情が歪むのが、嵐山には分かった。

「ついでに言っておきやすと、村上様が命名した〝曼荼羅小僧〟って奴は、何処の誰か分かりやせん。旦那が関わった盗っ人や押し込みの事件は、すべて〝曼荼羅小僧〟の仕業だと、村上様が言っていただけの話です」

「……」

「つまり、何人もの盗っ人、何件もの事件の咎人で、正体の分からない者を、〝曼茶羅小僧〞と旦那が勝手に呼んでただけでしょ……別に、そいつらを逃がして、旦那が甘い汁を吸っていた、なんてことは申しません。そんなタマじゃありやせんよね……お奉行が見抜いていたとおり、ドサクサに紛れて、泥棒のせいにして、金を盗んでいただけでしょう」

さすが元は力士である嵐山の巨体は、大柄な村上よりも、頭ひとつくらいでかかった。巨漢同士が睨み合う姿には、異様なほどの緊張が溢れていたが、村上は静かに、

「黙れ……おまえは誰に向かって、さような口をきいているのだ」

「村上様に向かってです」

「何の話をしているか知らぬが、おまえこそ、かようなところで何をしている。弥次郎が盗っ人と知って、金でも奪いにきたか」

「旦那……そういうのを語るに落ちるってんですぜ」

「……」

「この際、正直に話して、同心を辞めた上で、腹を切って下さい。盗んだ金で、優雅に暮らそうなんて了見は、町方同心の風上に置けないってやつです……ご一緒し

やすよ」

嵐山が十手を向けると、村上はいつでも抜けるように手を添えていた腰の刀を素早く抜き払って斬りかかった。だが、わずかに避けた嵐山は十手を相手の脳天に打ち込み、その勢いで〝突っ張り〟のような形になって、押し倒した。

勢いのまま表戸に背中から激突した村上の体は、外の井戸端に仰向けに倒れた。

その顔面に、「御用だ、御用だ」と十人ほどいる捕方たちの六尺棒が突き出された。

そして、御用提灯が無様な村上の姿を煌々と浮き上がらせた。

「――き、貴様ら……！」

醜く頬を歪ませる村上の頭上に、捕方を押し退けるようにして、佐々木の顔が現れた。神妙な表情で、

「残念だよ、村上……」

「……」

「俺も、お奉行にハメられて、どうなるかと思ったが……まさか、村上が本当にこんなことをしてたとは残念至極……どうやら買い被っていたようだ」

佐々木はそう言いながら、村上の懐からはみ出ている十手を取り上げた。

　その翌日——北町奉行所の牢部屋に、弥次郎はいた。

　まだ痛めたままの足を引きずって、詮議所に連れてこられたが、正座ができないので、片足はやはり伸ばしたままだった。傍らには錦がいて、容態を見ながら、吟味方与力の藤堂の尋問を受けさせた。

「桶職人、弥次郎……乾物問屋『瀬戸屋』に忍び込んだ一件につき、慎重に吟味した結果、無罪放免とする」

「えっ……」

　意外な藤堂の裁決に、弥次郎は驚きながらも、

「いえ……私が忍び込んだのでございます。怪我も、そのときのもので……」

　と申し述べた。が、藤堂は判決文を弥次郎に見せてから、

「それは、おまえが言っていることに過ぎず、証拠がない。残されていた巾着も、何処にでも売っているものであったし、そもそも金は一両も盗まれておらぬ。よって、『瀬戸屋』の主人、麻兵衛は訴えを取り下げた。それゆえ、この吟味も無効である」

「……」

「しかし、『瀬戸屋』が受けた風評被害は大きいらしい。公儀と話し合いの上、自助努力も含めて検討することとした。つまり、おまえが盗みに入った、などと言わなければ、『瀬戸屋』はこれほど風評被害をこうむらなかったかもしれぬ。その旨、反省せよ」

「でも、〝曼荼羅小僧〟のことは……」

「おまえがその当人であることは、そもそも信じがたい。改めて長屋を調べたが、何も怪しいものはなく、おまえが盗っ人である証拠もない。これ以上、人を騒がせるのはよせ」

「……」

「でなければ、それとて風紀紊乱の罪となるゆえ、篤と心得よ。その上で、桶職人としての仕事に精を出せ」

藤堂はそう断じて、真剣なまなざしで頷いた。

唖然と聞いていた弥次郎に、錦が横からそっと肩に手を置いて、

「だってさ……これも怪我の功名かしらね……ちょっと違うか」

と言って励ますように笑った。

後は任せたとばかりに藤堂が立ち去ると、錦は弥次郎を支えるように、奉行所の玄関脇にある町人溜まりの方に通して、表門から送り出すのであった。

表門を振り返った弥次郎に、錦は珍しく微笑みかけて、

「二度と、奉行所に来るようなことがないようにね」

と言った。

「へ、へえ……ありがとうございます……ありがとうございます……」

深々と頭を下げると、弥次郎は足を引きずりながら、一歩一歩、遠ざかっていった。見送る錦の横に、佐々木が近づいてきて、

「俺にも、あんな顔をして貰いたいな……一度でいいから、ニッコリと笑いかけて貰いたいな……ねえ、はちきん先生」

と言いながら、そっと肩を抱え込もうとした。すぐさま錦が手を上げると、「ひえっ」と奇声を発して、佐々木は逃げ出した。それを見て錦が大笑いすると、

「あ、笑った、笑った」

と実に嬉しそうに駆け去る佐々木を見ながら、

「――何を考えてんだか……」

呆れ顔で呟く錦であった。その麗しい笑顔に、今日も陽が燦々（さんさん）と注いでいた。

第二話　三匹の悪党

一

江戸の町を睨みつけているような、鋭い三日月が闇夜に浮かんでいた。

水辺では菖蒲が咲くほどの時節でありながら、冷たい川風が流れている。辻灯籠の明かりが微かに、薄汚れた川の水面（みなも）に揺らめいている。近頃は、江戸市中の堀川から流れてくる米の磨（と）ぎ汁に混じって、塵芥なども浮かんでいるせいか、大川端も汚くなっていた。

――川が汚れているのは、住む人の心が穢れているからだ。

と誰か偉い学者が書いていたが、まさに江戸の人びとの心がけを映す鏡だった。

その河原の片隅に、車輪がぐにゃりと曲がり折れている大八車があった。荷台は川の流れに晒されており、川淵には俵物のような荷物も散乱していた。

「や、やめてくれ……ひい……お、お願いだ……もう、やめ……」

傾いた大八車の陰で、半裸姿の若い男が、数人のならず者に殴る蹴るされている。まだ二十歳そこそこだろうか。その顔はすでに醜く腫れ上がっており、血だらけであった。

ならず者たちは、若い男の首根っこを掴むと、ぶくぶくと泡が湧いているような汚水に、顔を突っ込んだ。

藻掻く若い男の口には、川の水が流れ込み、苦しがって手足をジタバタするが、その背中や腰を、ならず者たちは「これでもか」というくらい蹴り続けた。若い男は水を飲んだ苦しさと暴力の痛みで昏倒しそうだった。

「――ゲホッ……ウグウ……ウウ……」

さらに足掻いて暴れようとするが、今度は、後頭部を蹴られ、若い男は意識が朦朧となった。それでも容赦なく蹴り続け、失神寸前の若い男を引きずって、川の深みまで運んで、流れの中に投げ込んだ。

「う、うわ……」

それでも若い男は無意識に、ならず者のひとりの足にしがみついたりして暴れるが、多勢に無勢である。

「しつけえな。とっとと、死にやがれ」

さらに腕が折れるくらい踏みつけ、もうひとりが河原の石を抱え上げ、若い男の顔に投げつけようとした。そのとき、

「そのくらいにしておけ」

と、土手の方から声がかかった。

土手道には、まるで武家が乗るような立派な漆塗りの駕籠が止まっており、扉が半分ほど開いて、冷徹な目つきの頬に傷がある中年男が顔を出した。武家ではなく、明らかにやくざの親分風のいでたちであった。野太い声で、

「殺すなよ」

それだけ言って扉を閉めると、ならず者は石を若い男の頭ではなく、腰の辺りに落として、動き出した駕籠の方へ駆けていった。

砂利を踏み鳴らす音を聞きながら、残された若い男は、芋虫のように川淵まで這い戻った。必死に伸ばす手のずっと先で、黒塗りの駕籠がゆっくりと遠ざかるのが見えた。だが、どうすることもできなかった。

「こ、こんちくしょう……」

ペッと唾を吐くと、まさに真っ赤な血であった。

何処をどう歩いたか——若い男は、車輪が曲がった大八車を引きずりながら、柳橋近くの木戸番まで歩いてきた。

丁度、木戸を閉める刻限だった。これ以降は地主の許しを得ないと通ることができない。他の路地も同じである。だが、木戸番の番人は、あまりにも酷い姿の若い男を見て、思わず駆け寄った。

「おい……大丈夫か……」

「……」

「大怪我じゃねえか。丁度いい。目の前の自身番に、十手持ちの親分と町医者がいる。さあ、診て貰いな」

どの町でも、木戸番の向かいに自身番がある。

「うるせえ……関係ねえ奴は引っ込んでろ」

そうは言われても、大八車の破損も酷すぎる。何か事件に巻き込まれたに違いないと、番人は勝手に、自身番に飛び込んだ。丁度、通りの反対側にあるからだ。

顔を出した嵐山は、木戸の所で立ったままでいる若い男の姿を見て、

「酷(ひで)えもんだな、こりゃ……」

と近づいた。だが、若い男は血塗(ちまみ)れで、腫れている顔を隠そうともせず、むしろ悪態をつくような感じで、

「だから、関係ねえってんだろうがよ」

うるさそうに追いやる仕草をしたが、嵐山はさらに十手を見せつけて、

「ちょいと事情を聞かせて貰うか」

「大八車が土手で滑り出したから、止めようとして、こうなっただけでえ」

「ほう。車人足かい」

「だったら、なんだよ。悪いか」

「ああ。路上に荷物をひっくり返しただけでも、江戸払いなどキツい刑罰があるってことは、車屋なら承知してるよな」

「誰にも、ぶつけてねえよ。土手で倒れただけでえ」

「それでも罪だぜ。ましてや人を怪我させたり、死なせたら獄門に晒される」

「……だから、何もしてねえって」

先に行こうとするが、車輪が曲がっているから思うように動かないどころか、さらに傾いて、また荷物が路上に散乱してしまった。結んでいた綱も緩んでいたようだ。

すぐに自身番や木戸番の番太郎たちが出てきて、荷物を片付け始めた。ほとんどが古着や古い端布ばかりであった。

若い男は、町木戸の内側に入れられると、半ば無理やりに、自身番に引っ張ってこられた。初めは抗おうとしたが、先刻、ならず者に半殺しにされたばかりなので、体が言うことをきかなかった。

大変な暴行を受けたのは確かだが、その理由を訊く前に、その場にいた白衣の番所医、八田錦を見て、若い男は驚いた。まじまじと見つめている。

「――どうした、ガキ……綺麗な女医者に一瞬にして魂を抜き取られたか」

嵐山がからかうように言うと、若い男は恥ずかしそうに俯いたが、その目がまた驚愕で思い切り見開いた。

土間の筵に、土左衛門が置かれていたからだ。

「おまえもびしょ濡れだが、この仏さんも半刻程前に、柳橋の下を流れる川で見つかったばかりだ……知り合いか」

若い男は首を左右に振った。

「まあ、座れ……」

嵐山は十手で若い男の肩を押さえて、土間の傍らの上がり框に腰掛けさせた。

錦はすぐに若い男の怪我の具合を診た。

顔面の血を拭いながら、腫れているところや濡れている体のあちこちに触れると、若い男は時々、「うっ」と声をあげて眉間に皺を寄せた。その位置を確かめてから、さらに指先で撫でたり、掌で押したりしながら、

「右の肋骨の一番下が折れてるわね。首の第四頸椎と背骨と腰椎の継ぎ目にも、ひびが入っている。あんな重い大八車を、よく運んできたわね。そこまでしなきゃいけない何があるの」

「……う、うるせえ」

「肩や胸、背中、太股の内側まで、体のあちこちを擦り剝いているので、ほったらかしにしていると、黴菌が入って膿むかもしれないから、水で洗った上で膏薬を湿布しておくわね」

ふつうの患者を診察するように、淡々とした錦を、若い男はまじまじと見て、

「恐くねえのかよ……」

「何がです」

「こんな目に遭ってる俺のことがだよ」

「別に恐くないわよ。もっと酷い大怪我をした人は何十人も見てきました」

「……」

「あなたは生きてるから大丈夫。何があったか、嵐山親分に話してあげなさい。単なる喧嘩ではなさそうだから、相手が分かれば、きちんと奉行所で調べてくれるでしょう」

錦の声を聞きながら、土左衛門に目を移した若い男は忌々しげな言い草で、

「こいつは、恐くないのかよ……無様な死に方しやがって」

「恐くないですよ。でも、あなたより大変なのは、何処の誰か分からなくて、どうしてこんな目に遭ったのか、ご本人からは聞きようがないからです」

「……」

「だから、ご遺体を検屍して、何があったのかを調べているのです。その上で、後

は町方役人が色々と探索しなければ分かりませんからね……あなたは幸い生きている。何があったのか、その口で親分に正直に言うのですね」

と言って、錦は若い男の腫れた唇に触れて、軟膏を塗った。染みたのか、「痛え」と呟いて、錦の手を払いのけようとしたが、意外に強い力で摑み返された。

「！――な、なんて女なんだ……」

「あなたは〝口なし〟にならずに済んだのだから、さあ、一切合切を話した方がいいと思いますよ……では、私はこれで」

錦は立ちあがった。すでに、土左衛門の検屍は終えているから、検屍書は明日の朝に改めて奉行所に届けると言うと、回診があるからと立ち去った。その颯爽とした姿を、若い男は、惚れ惚れと見ていた。

その鼻先に十手を軽く触れさせて、嵐山は大きな体で迫るように、

「色気づくんじゃねえよ、ガキのくせに」

「もう二十歳過ぎてら。子供扱いはしねえでくれ」

「あの先生は、奉行所の与力や同心が束になっても、敵わないんだよ……で、おまえは何処の誰兵衛だ」

「答えられないようなことをしているってわけかい。あの大八車の取っ手には、〝田丸　は八ノ六〟と刻印されてる。『田丸屋』から大八車を借りて、商いをしてるなら、すぐに割れるぜ」

駕籠屋や川舟問屋と同じように、大八車を使って商品や資材などを運ぶ問屋があり、きちんと鑑札を受けて商売をしていた。中には、駕籠や川舟、大八車を借りて、自分で仕事を請け負う者もいた。その際には、貸し主の屋号や本体の番号を付けていたのである。

「それは……」

「へい……将馬と申しやす。大将の将に馬って書きやす」

「ほう。大層な名じゃねえか」

「ただの百姓の小倅です。この名を付けてくれた親の期待には添えやせんでした」

「で、喧嘩三昧の暮らしってわけか」

「これは、一方的にやられただけでして……それより、その仏さんの顔、どっかで見たことがありやすよ」

「なんだと？　出鱈目を言いやがると承知しねえぞ」

嵐山の目の色が変わったが、俄に信じてはいなそうだった。相手がいかにも怪しい姿で、通りすがりの偶然にしては、出来すぎた話だからだ。

「さっきから、ずっと見てて思い出そうとしてたんです……こいつは、たしか、伝法院一家の熊五郎親分のところに、出入りしていたと……思いますよ」

「おまえ、なんで、そんなことを……もしかして、その大怪我も、伝法院一家の者にやられたんじゃねえだろうな」

「違いますよ。さっき言ったとおり、本当に土手道から荷崩れしたから」

「……」

「ああ、やっぱりたしかにそうだ。名は知らないけど間違いねえ……俺は大八車で伝法院一家の所に、米とか味噌や菜の物なんかを何度か届けたことがあるんで、それで……でも、俺が話したなんて言わないで下さいよ。仕返しされるのはご免被りたいんで」

半信半疑で見ていた嵐山だが、将馬という若造の言うことも含めて、調べてみることにすると言った。そんな態度を見て、将馬は苦笑を浮かべて、

「やっぱり、噂どおり、嵐山親分は、図体はでかいが肝っ玉は小さいでやすね」

「なんだと。誰がそんなことを」

「いえ、誰からとなく」

嵐山は思わず十手を掲げたが、将馬は両手で頭を庇いながら、

「俺が言ったんじゃねえよ。この土左衛門のことだって、嘘だと思うなら、ちゃんと調べてみなよ。手柄になるかもだぜ」

と泣き出しそうな声で言うのだった。その将馬の様子も何処か嘘臭いと感じた嵐山だが、〝ダメ元〟で探索に乗り出した。

二

翌朝、担ぎ込まれた土左衛門を目の当たりにして、伝法院一家の親分、熊五郎は素っ気ない顔で「知らない」と答えた。

ならず者に将馬を襲わせていた、黒塗りの駕籠の男である。

咥(くわ)えている太い煙管(キセル)は明らかに武器代わりにしているものであろう。腰に差している扇子も、開かない鉄扇で、何かあれば一撃で相手を仕留める強さがある。嵐山

らが持っている十手は、脇差しと同じくらいの重さがある。でないと、刀を持った相手を制することができないからだ。それと同じくらいの鉄扇に見えた。

「知らない……わけがないんだがな」

嵐山が睨みつけるように訊くと、熊五郎は無表情のままで、もう一度「知らない」と答えた。目尻の下から頬にかけてある刀傷は、若い頃、無頼の旗本たちと大喧嘩したときについたものらしい。目つきの鋭い、脂ぎった顔と相まって、人を威圧している。

「ここに出入りしていたってのを、見ている者は何人もいるんだ」

これは嘘だが、嵐山は鎌を掛けたのだ。それでも、熊五郎は土間に置かれた死体をチラリと見るだけで首を横に振り、

「しつこいな、親分……たしかに、おまえさんは勧進相撲の力士をしてたとき、相手が投げたり押し出したりしようとしても、腰をグッと下げてしぶとかった。だが、終いには達磨のようにゴロンと転がった。客席は大爆笑だったが、俺はなかなか見所があると思ってたぜ」

と真顔で言った。

「褒めてんだか貶(けな)してんだか分かんねえが、昔の話なんざ、どうでもいい。本当にこの土左衛門は知らないんだな」

もう一度、問いかけたとき、周りにいた子分衆が「しつこいぞ、こら！」とズラリと取り囲んで、今にも殴りかかろうという勢いだったが、嵐山は歯牙にもかけず、

「知らないなら仕方がねえ……ここに置いて帰るから、そっちで始末してくれ」

と言った。

「なんだと、てめえ……」

突っかかろうとする若い衆に、熊五郎は「よしな、銀蔵(ぎんぞう)」と止めた。

睨みつけたままの銀蔵という手下に、嵐山は十手を突き出して、

「なあ、熊五郎。おまえんちは、無縁仏を葬ってるだろ。墓掘り人足も抱えてて、手厚く南無阿弥陀仏を唱えてやる……中には、てめえらで殺(や)った仏もいるかもしれねえがな……」

と言うと、また子分たちが騒いだ。が、嵐山は熊五郎を睨みつけて、

「宜しく頼むぜ。この土左衛門は、検屍した結果、殺しじゃねえと分かってる。お

そらく酒に酔っ払って、川に落ちて溺れ死んだってことだ。色々と調べたが、身許も一切、分からないのでな、成仏させてやってくれ」

「……」

「なあ、頼んだぜ」

仕方がないという感じで、熊五郎は頷いて、目顔で子分たちに始末しろと伝えた。

「ところでな、熊五郎……忠次（ちゅうじ）は元気かい」

「忠次……」

「上州山子田（やまこだ）岡部村の忠次といえば、今でも代官殺しで追われる身だ……熊五郎親分を頼って来るかもしれねえと、奉行所では目をつけてる。奴には関わらねえ方が身のためだぜ。土左衛門の供養料代わりに、教えておいてやるよ」

嵐山はそう言うと、子分衆らを押しやって表に出ていった。

「――ふん。三下（さんした）のくせして」

熊五郎は呟くと、子分衆を見廻しながら、

「本当にこいつのことは、おまえら誰も知らねえんだな」

「知りやせん」

「そうか。だったら、適当に葬っといてやれ。なんだかんだ言いがかりつけられるのも、厄介だからな」

熊五郎は面倒臭そうに、子分衆に命じた。

浅草寺の裏手にある小さな居酒屋に、嵐山は入り、奥の小上がりに進んだ。

先客がいて、朝っぱらから、ちびりちびりと燗酒を飲んでいたのは、北町奉行所定町廻り筆頭同心の佐々木康之助だった。

そこからは、伝法院一家の屋敷の裏手がよく見える。まさに寺のような大きな瓦屋根で風格があり、やくざ渡世人の家には見えない。もっとも熊五郎自身は、弱い者を助ける俠客だと名乗っているが、やっていることは隠し賭場や女郎屋、そして何やら怪しげな薬を扱っている疑いがあった。

佐々木は嵐山に銚子を差し出したが、

「あっしは結構ですよ」

と断った。

「おまえ、近頃、妙に真面目になったんじゃねえか。まさか錦先生に魂まで吸い取られたんじゃないだろうな」

「錦先生になら吸い取られてみたいです」

「ばかやろう……で、どうだった。何か絡んでそうか」

「いえ。知らぬ存ぜぬです」

「だろうな。だが、土左衛門が忠次の子分、時松(ときまつ)だってことは分かってんだ……本当にただの水死なのか、熊五郎がやらかしたのか、篤と調べてやろうじゃないか」

　佐々木の目が一層険しくなって、伝法院の裏手を窺っていると、四十絡みの浪人者と艶っぽい年増女が歩いてきた。ふたりは馴染みなのか、少しふざけ合いながら、伝法院の屋敷の裏門まで来て足を止めた。

「あいつは……」

　格子窓に張りつくようにして、小川と空き地の向こうに見える伝法院の裏手を、佐々木は凝視しながら、

「浪人の方だ……あれは三国藤十郎(みくにとうじゅうろう)だ。間違いない」

　と言うと、嵐山が続けた。

「三国藤十郎って、南町の元風烈廻り方与力で、盗賊と間違って商人を斬った咎で、

奉行所を辞めさせられた……？」

「ああ。だが、それも、わざとやったんじゃないかという噂があった。その商人にある弱味を握られていたから、事件探索のふりをしてぶった斬ったとな。江戸から姿を消して、もう三、四年になるが……」

「そいつが、なんで伝法院に来たのでしょう」

「さあな。だが、以前より、忠次と繋がっていたという噂もある。忠次が代官を殺したのは、年貢に苦しむ領民のためだ……なんぞという話があるが、ありゃまやかしでな。てめえが賭博をしてたのを摘発されて、腹いせで斬っただけだ」

「酷え奴ですぜ……」

嵐山も承知している。佐々木は唸るように喉を鳴らして、

「一緒にいる女は、忠次とねんごろにしていた女壺振り師のお蓮かもしれないな」

「女壺振り師……」

「もっぱら、イカサマばかりしているそうだがな」

浪人の方は裏手から屋敷内に入ったが、女は所在なげに浅草寺の方へ向かった。

本殿の向こうに五重塔が聳えているのが見える。

「おまえは、あの女を張ってくれ、嵐山」

「何か企んでるような連中ですね」

「ああ。熊五郎と忠次は兄弟杯を交わしてる仲だ。必ず何かやらかすつもりだろうぜ。忠次に三国に、お蓮……三羽烏、いや三匹の悪党が打ち揃って、熊五郎の所に現れたのは尋常じゃねえ。油断するんじゃないぞ」

「へえ、ガッテンでやす」

立ちあがった嵐山は、すぐにお蓮という女が向かった浅草寺の境内の方へ走った。

毎日が縁日のような賑わいの参道には、出店もずらりと軒を連ねており、善男善女で溢れていた。親子連れ、夫婦連れ、近所の連中とつるんで、ゆったりと参拝を楽しんでいる。境内のせいか、裕福そうな商人らも何の警戒もなく散策している。掏摸に狙って下さいと言わんばかりである。

嵐山がそう思ったとき、案の定、お蓮が擦れ違い様、大店の主人風に軽く当たって、「ごめんなさいよ」と謝った瞬間に、鮮やかに財布を抜き取った。

「――賭場ではイカサマ。町場では掏摸かよ……」

尾行しているから、目立った騒動は起こしたくない。嵐山は少し迷ったが、

「あっ。ない……さ、財布がない……！」

と言いながら、大店の主人風が周りを見廻しているので、仕方がなく、尻を振りながら去っていくお蓮を追いかけて、

「待ちな、姐さん。今、盗んだ財布、返しな。悪いことは言わねえ。素直に出せば、今日だけは見逃してやる」

と十手をチラリと見せた。

大店の主人風の男がまだ懐に手をあてがいながら、辺りを見廻している。

「旦那。財布はどんなものでしたかい」

と嵐山が訊くと、主人風の男は近づいてきながら、

「茶色で、馬の皮をなめして作ったものなんです。人から貰った珍しいものなんです」

「だとよ、姐さん。さあ、出しな」

嵐山が手を出すと、払うような仕草で、

「なんの話だい」

と鋭い目で睨み返してきた。

「俺は見てたんだよ。騒ぎにしたいんなら、そうしてもいいんだぜ」

「私がその旦那の財布を盗んだってのかい。冗談じゃないよ、独活（うど）の大木さんよ」

意外にも、お蓮は大声を上げて、居直ったように帯を解き始めた。

「恐ろしいねえ。江戸の岡っ引ってなあ、何もしてない奴を、無実の罪でお縄にするってんですかい。けどね、疑われたこっちも落ち度があらあってもんだ。さあ、何処に盗んだ財布があるのか、両眼を開けてじっくりごろうじろってんだ」

啖呵（たんか）を切ったお蓮の姿は、猿芝居だったが、通りがかりの者たちの中には、気っ風の良さそうな女に拍手を送る者もいた。

嵐山は赤い襦袢（じゅばん）になったお蓮の前で、脱ぎ捨てた着物を調べたが、財布はなかった。さらに、襦袢にも触れてみたが、どこにもない。その間、お蓮は堂々としており、文句のひとつも言わなかった。

「どうです。ありましたかねえ」

「ふん……どうせ、一瞬の隙に、仲間に渡したんだろう。よくある手口だ」

「そこまで言うなら、親分さん。仲間とやらをしょっ引いてきて下さいな。さあさあ、今すぐ、何処にいるんですッ」

今度はお蓮の方が高飛車に出たとき、野次馬を割るようにして、伝法院一家の若い衆がぞろぞろとやってきた。つい先程、顔を突き合わせた連中である。

「これは、嵐山親分……随分と阿漕(あこぎ)なことをなさるんですね」

銀蔵が腰を低く構えているが、鋭い目つきで見上げて、

「この辺りはうちのシマなんで、あっしらが代わりに話をつけやしょうか」

「……その女は、おまえの知り合いか」

「いいえ。ですが、こんな大勢の前で肌まで晒して無実を明かそうとしてるんですから、あっしは義侠心に駆られただけです」

「義侠心が聞いて呆れら……まあ、いい。女掏摸が伝法院の筋の者なら、そっちで始末をつけるがいいぜ」

嵐山はあえて深入りを避けて、自分たちの探索に気づかれないようにした。お蓮を一瞥してその場を離れると、被害を受けた大店の主人風に近づいて、

「あの女じゃなさそうだ。改めて探すから、自身番に被害を届けておきな。もっとも、それで出てきたためしはないがな」

「はい……申し訳ありません」

大店の主人風が深々と頭を下げて、銀蔵たちが遠くに立ち去るのを見送ってから、

「――親分さん……ちょっとご相談があるのですが……」

「財布なら諦めた方がいい」

「そうではありません。今のは、伝法院一家の者たちですよね。実は私どもは色々と酷い目に遭っておりまして……あ、てまえは、すぐそこで太物問屋を営んでいる『足利屋』の主で、平右衛門という者でございます」

「『足利屋』平右衛門……」

「せめて、お話だけでも聞いて下さいませんか……」

切実に訴える平右衛門の顔は、その名のとおり、何処にでもいる平凡な顔で、一度見ただけでは覚えられそうになかった。

「構わねえが、こっちも御用の途中なんでな……」

「お手間はお取りしません、どうか」

哀願する町人を相手に無視するわけにもいかず、嵐山は少しだけ付き合うことにした。

三

雷門近くの茶店で、嵐山は待っていた。通りを挟んだ斜向かいに、そこそこ立派な『足利屋』はあった。

平右衛門は、十手持ちが店に出入りするのも評判に関わると言って、茶店で待ち合わせることになったのだが、自分から頼んでおいて身勝手な奴だと、嵐山は少々、機嫌を損ねていた。

店の表から、平右衛門が出てくると、番頭や手代たちが二、三人、見送りに出て、丁寧に頭を下げていた。その足で、平右衛門は茶店に向かってくる。

「お待たせしました。どうぞ、奥の二階に……」

と二階座敷の一番奥に入った。

「見送ってたのは番頭たちかい。みんな、真面目そうだな」

「何処に出しても恥ずかしくない奉公人ばかりです」

と言いつつも、あまり人に聞かれたくないことがあるのであろう。平右衛門は辺りに誰もいないか見ながら、窓辺の席に陣取った。ここからは、表通りがよく見下ろせるし、もし伝法院の者たちが押し寄せて来たとしても、さらに奥の階段から裏手に逃げられるという。

そこまで警戒する何があるのかと、嵐山は気になっていたが、目の前にサッと袱紗を差し出された。開いてみると、五両もある。

「――何の真似だい」

「ご迷惑をおかけ致しますので、どうぞお納め下さい。でも、決して、危ないことをして欲しいとか、そういうのではありません。あくまでも、どうしたものか相談したいのでございます」

「貰うかどうかは、話を聞いてからにするよ」

「さようですか……さすがは評判どおりの嵐山親分。佐々木の旦那とは違います。あっ、これは失礼なことをッ……」

口が滑ったとばかりに、平右衛門は口を当てて、一旦、袱紗を引っ込めた。

「構わねえよ。佐々木様なら、何も言わずに懐の中だろうよ」

苦笑して、嵐山が話を聞こうとしたとき、茶屋の娘が来て、団子と茶を置いた。

「これは、『足利屋』の旦那様、いつもありがとうございます」

「いやいや。お里ちゃんも、一生懸命働いて偉いね」

「とんでもない。旦那様のお陰です」

ニッコリと微笑んだ、お里と呼ばれた女はさほど美人ではないが、愛嬌のある娘で、平右衛門とは顔馴染みのようだった。二言三言話を交わしてから、

「ここには、他の客は近づかせないでおくれ。いいね」

と小粒を手渡すと、お里はまたニコリと微笑んで立ち去った。平右衛門も笑顔で見送ってから、真剣な表情に変わった。

「実は……うちは太物問屋を営んでいるもので、毎日、大勢の客が出入りしています。まっとうなお客様がほとんどですが、中にはちょっとしたことで、因縁をつけてくる客もいるのです」

「近頃は、そういう類が多いらしいな。蕎麦屋なんかでも、すぐに虫が入ってただの、髪の毛が絡んでたなどと、な」

「はい。それくらいなら、謝って少しばかり金を包めば済むのですが、あるとき
……」

平右衛門の声が聞き取れないくらい、低くなった。

「うちの木綿に、阿片が混じっていたとかで、それで寝たきりの老人が死んだから、百両寄越せと言って来た者がいるのです」

「阿片だと……」

嵐山の目つきが鋭く変わった。実は、佐々木と探索しているのも、ただ代官殺しの渡世人を追っているのではなく、その裏に阿片を売って荒稼ぎしている者がいるという噂を聞きつけていたからだ。

古来、日本では、大麻という麻薬が使われていた。大麻は縄や布などの繊維の原料である植物だ。元々は、北アジアの遊牧民が幻覚剤として使っていたと言われており、江戸時代には大麻の幻覚作用は知られていた。忍者たちは敵を貶めるために、〝阿呆薬〟と称して使っており、寺社地などで栽培もされていたという。

もっとも、芥子の実を原料にして作る阿片は、天保年間以降、異国船から密かに持ち込まれているとのことだった。その幻覚効果や中毒性は大麻とは比べものにならないくらい強い。阿片を吸飲する悪癖を身につけた者は、意志の強弱に関わりなく、身を滅ぼすまで続けてしまうという。

「まさか、おまえさんがそんなものを扱っていたのじゃあるめえな」

咎めるように訊く嵐山に、平右衛門は首を横に振って、

「まさか。まったく身に覚えのないことです」

「百両の金は払ったのか」

「払えない額ではありませんが、もし払ったら、こっちが悪いことにされます。ですから、その手には乗るまいと思いました……で、言いがかりをつけに来た者を、私なりに調べてみたら、伝法院一家の熊五郎親分と関わっている者だと分かったんです」

「熊五郎か……奴ならやりかねないな。実は……」

と言いかけたが、嵐山は探索中の話をするのは止めた。

「ま、それはともかく、誰だい、それは」

「時松って遊び人です」

「なに、時松だと⁉」

嵐山が思わず大声を上げてしまうと、平右衛門は吃驚したが、

「ご存知なんですか、親分さんは……」

「知らなくはねえが……そうか。おまえさんの店に言いがかりをつけにきたのは、そいつだって間違いはねえんだな」

と訊き返した。土左衛門が時松であることは、話さないでおいた。まだ探索中のことがあるので、余計なことが世間に洩れるのを警戒してのことである。

「はい。間違いありません……その時松って遊び人は、すぐそこの駒形堂近くの長屋にいるようなんですが、大家の話では熊五郎の威光を笠に着て、店賃も滞りがちで、随分と態度も大きいらしいんです」

「熊五郎はそれをほったらかしにしてるのかい」

「いえ、それが時々、一家からは小遣いを貰っているようなので……もしかしたら、表沙汰にできない悪いことは、時松って奴にやらせていたのかもしれませんね」

「表沙汰にできねえことな……それが阿片の売買ってことか」

「そこまでは分かりません。でも、時松は阿片を手にすることができたかもしれません。それを使って、うちの木綿などに含ませて因縁をつけたのかもしれません……私には、『金を払わないと、おまえの店では阿片を扱ってると世間にバラしてやるぞ』と脅すんです」

切実に話す平右衛門に、嵐山は溜息混じりで頷いて、

「たしかに厄介だな……だが、案ずることはねえ。旦那を脅していた時松は、もうこの世にはいねえ」

「ええっ……⁉」

「詳しくは言えねえが、そういうことだ。だから、つまらねえ言いがかりは来ないかもしれねえが、伝法院一家が阿片絡みのことで、もしかしたら、旦那……おまえさんに何か仕掛けてくるかもしれねえ」

「そんな……」

「だから、時松を、旦那に近づかせたとも考えられる。だが、何があっても下手に動かない方がいい。後は、こっちで調べてみるから、何かあったら、いつでも俺のところに相談に来るがいい」

「ありがとうございます。では、これで……」

平右衛門がまた袱紗を渡そうとしたが、嵐山は断って立ちあがった。

店の表に出たところで、先程のお里が水撒きをしていた。

「ご苦労様です。親分さん」

「ああ……おまえ、『足利屋』の主人には世話になってると話してたが、どんな世話になってんだい」

「伝法院の人に女郎にされそうだったのを、助けてくれたんです。それで、この茶店で働かせてくれてます。この店は、『足利屋』さんがやってますから」

「そうだったのかい」

「はい。でも、そのことがあって、旦那様は伝法院の人たちに恨まれてるみたいで……私、申し訳なくて……」

辛そうな顔になるお里に、嵐山はドンと胸を叩いて、

「何か困ったことがあったら、俺に言うんだぜ。決して、悪い奴に引っ掛かるようなことをしちゃ駄目だぞ」

「ありがとうございます」

お里が深々と頭を下げると、嵐山は表通りを大川の方に向かって歩き出した。ふと振り返ると、茶店の二階の窓辺から、平右衛門が見送っていて、やはり頭を深く下げた。

「――ああやって、まっとうに暮らしている者たちを、地獄の底に突き落として喜

んでる輩がいやがる……熊五郎のやろう、目にもの見せてやるから、覚悟してろよ」

独り言を言って、嵐山は己を鼓舞するのであった。

四

辻井の組屋敷の冠木門の柱には、今日も『本日休診』の札が掛かったままだった。

門前に足を引きずりながら歩いて来たのは、将馬だった。先日と違って、路考茶に万筋の粋な着物姿だったが、殴られた顔の腫れはまだ引いていなかった。

「――休みか……」

将馬が呟いたとき、屋敷の中から、中間の喜八が顔を出した。

「御用ですかね」

「あの、本日休診てのは？」

「うちの先生は番所医で、奉行所に出向いているときとか、事件があって検屍などに立ち合っているときは、休みにしてんです」

「そうかい。じゃ、また改めて……」

と言いかけた将馬に、門の外に飛び出てきた喜八がアッと札を見て、

「外し忘れてた。どうりで、今日は誰も来ないなあって思ってたんだ……先生ならいやすよ。錦先生に御用で？」

「いるのかい」

「さあ、どうぞ、どうぞ」

喜八は札を外して、将馬を案内した。

離れにある診察室に連れて来られた将馬は、錦の顔を見るなり、

「この前はどうもお世話になりやした」

と丁寧に礼を言った。

もちろん錦の方も覚えており、履き物を三和土（たたき）の所で脱がせて座敷に上がらせると、当然のように傷痕を診た。体中に受けた殴打の痕などもまだ痛々しく残っていた。さらに、軟膏や痛み止めなどを処方しようとすると、

「いや、実は今日は……先生に話を聞いて貰いてえと思って……」

と殊勝な態度で申し訳なさそうな顔を向けた。

傍らにいた喜八は、心配そうに見ていた。相手はまだ若いとはいえ、遊び人の雰囲気が漂っている。主人の辻井から、錦の護衛を頼まれている立場上、その場に座っていた。

「あの……」

将馬は気になったようだが、錦は当家の中間だと説明をして、

「ここは私が間借りしているのです。辻井登志郎という元吟味方与力の屋敷なんです」

「吟味方与力……」

「ええ。何か不都合でも？」

「いや、逆に安心した。なんだか頼りになりそうだ。へえ、そういうことなら、中間さんにも聞いて貰いてえ」

真面目そうに膝を整え直してから、将馬は錦に訥々と話し始めた。

「実は……この顔や体の傷は、伝法院一家というやくざ者にやられたんです。知ってますか。親分は熊五郎という恐ろしい奴で」

「聞いたことはありますけど、どうして、そんな目に……？」

「実は、俺は……あることで、伝法院一家に雇われてっていうか、利用されてて、それで逆らったもんだから、こんな目に……」

「そういう話なら、私よりも、嵐山親分に話した方がいいのでは？　ほら、あのときも自身番にいたでしょ」

「へえ。それも考えたんですが、なんというか……俺も仲間だと勘繰られて、お縄になったら、誰も助けてくれないだろうから、恐いな……なんて思って……先生なら、優しそうだったし……」

「私が優しそう……めったに言われたことないけれど。まあ、いいわ」

何か深い事情がありそうなので、錦は聞いてみることにした。将馬は何度も、ありがとうと頭を下げてから、

「あのとき、自身番で土左衛門を見て、伝法院一家に出入りしている奴だと、嵐山親分には話したんですが、実は……名前も知ってるんです」

「そうなの……？」

「時松って奴で、俺の兄貴分みたいなものなんです。いや、兄貴分って言っても、故郷(いなか)が同じだけで、それも、江戸に出てきて知り合っただけなんだけど……妙に気

が合っちまって、それで少々、悪い道に引っ張られたんです」

「悪い道というのは」

「博奕とか、女郎買いとかそんなんじゃなくて……阿片なんです」

「阿片……」

さすがに錦も表情が強張った。南蛮渡りのものを、麻酔薬とか痛み止めとして使っている医者もいた。が、長崎で西洋医学を学んだ錦は、必要があれば違うものを使っていた。下手をすれば常用性があるからである。

「そんなものを、どうして……見た様子では、吸っている節はなさそうだけれど」

「いや、俺がやってるんじゃなくて……その、売って儲けてたんです」

「あなたが……」

「俺はそんなものとは知らずに、時松兄貴に言われるままに、客というか、買いたい人の所に届けて、金を受け取る役でした」

「何も知らずに……」

「そりゃ、なんかヤバいものだとは思ってやしたが、まさかお上にお縄になるようなものだとは……けれど、あるとき、時松兄貴がちょっとしたヘマをやったもんで……伝法院一家から睨まれるようになって……」

体が少し震えてきた将馬は、大きく息を吸って、自分を落ち着かせた。

「ヘマってのは……時松兄貴が、何処だったか商家の木綿か着物かに、阿片を混ぜて、それを買わされたために、病人が死んだって嘘をついて、商人から金をふんだくろうとしたんでさ……」

「……」

「そんなことに阿片を利用したことで、伝法院一家の奴ら、兄貴を半殺しにして、俺もそのトバッチリで……」

「で、そんな大怪我をさせられたのね」

「へえ……だから、あのとき、岡っ引の旦那も先生も、時松兄貴は溺れて死んだって言ってたけど、もしかして、殺されたんじゃねえかと……」

「殺された……どうして、そこまで思うのです」

「だって、時松兄貴も阿片を横取りして使ってたようだし……」

将馬はまだ震えながら訴え、自分も次は殺されるのではないかと怯えている様子だった。傍らで聞いていた喜八は、「とんでもねえ奴らだ」と怒りに感じていたが、錦はいつものように冷静に話を聞いていた。

「あれは、殺しではありません。ここで詳しく論じることはしませんが、溺れたのと誰かに沈められたのでは、肺の中の水が違うんです。でもそういう事情が背後にあるなら、もう一度、調べ直してみる余地はあります」

「――難しいことは、俺には分からないけど、このままじゃ時松兄貴が浮かばれねえ。どうか、どうか……」

哀願する将馬の腫れぼったい顔を、錦がじっと見ていると、相手は悲しそうに鼻水を垂らして、また申し訳なさそうに手拭いで拭った。それから、ひとつ咳払いをすると、

「これは、本当かどうか分かりません。兄貴が言ってただけなんですが……」

と謎めいた言い草で口を開いた。

「何の話です」

「あ、ええ……時松兄貴は、実は、上州山子田の忠次って渡世人の子分だったことがあるそうなんです」

「そうなの……？」

「でも、兄貴が自分で話していただけなんで……よく見栄を張る人だったから」

「その忠次って人がなに」

「近々、江戸に来るんで、会ったら世話をしなきゃいけねえなんて、時松兄貴が……逆だと思うんだけど……とにかく、その忠次ってのは、代官殺しで、お上に追われてるらしく、熊五郎のところに現れるんじゃないかって、話してたんです」

「――それが、なに。あなたと関わりがあるのですか」

「いや、そうじゃないけど……伝法院一家は、忠次から、阿片を仕入れている……そんなことを兄貴が言ってたもんで」

どうにかして欲しいとでも言うように、将馬は話していたが、錦はやはり冷静に、

「そんな重大な話ならば、やはり嵐山親分か、同心の佐々木様に話した方がよさそうね。今からでも奉行所に行きましょう」

と言った。

「いや、それは……」

「あなたが何か罪を犯しているのなら、それも正直に訴え出て、やり直すことね。罪は病や怪我と似たところがあって、キチンと治療して癒やせば治るんです」

「……」

「そうしましょう」

錦がまるで手を差し伸べるように言うと、将馬は俄に悲痛な表情になって、

「——俺の間違いだった……あのとき、俺の様子を診てくれたとき、天女みたいな女医者だと思ったけど、やはり番所医……人のことを罪人扱いしやがるんだな」

「私は何も……」

「いや、いいんだ。阿片のことなんざ、俺には関わりねえ。あんたが見立てたとおり、兄貴は殺されたんじゃなくて、ただ溺れて死んだんだろうよ。そういう星の下に生まれたと諦めらあな」

「……」

「俺だって同じだ。熊五郎親分に殺されるか、お上に捕まって死罪にされるか……どっちも嫌だけど、お上から追われるより、伝法院一家から逃げる方がマシかもしれねえ」

「そんなこと、あなた……」

「いや。お上は絶対に許してくれねえが、熊五郎親分なら、こっちの出方しだいじ

や、手下にしてくれるかもしれねえ」

将馬は乱暴な口調で言うと、一か八かの賭けだと息巻いて、雪駄を履くと勢いよく駆け出していった。

錦は、仕方がないなという顔で見送るだけだったが、喜八は心配そうに、

「ちょいと様子を見てきますよ。あっしはどうも、あの手のガキが可哀想に思えて」

「そうですかねえ……」

「あっしにも覚えがあるんで。それを、辻井様に救って頂きやしたんで、へえ」

喜八は軽く頭を下げて、急いで将馬を追いかけるのであった。

五

伝法院一家の表に、越中富山の薬売りが訪ねてきた。若い衆たちは、「いらねえ」「出ていけ」「帰れ」などと息巻いていたが、奥から出てきた熊五郎は、薬売りの顔を見て、

「まあ、入んな。置き薬なら足りてるが、せっかく来たんだ、話だけなら聞いてやる」

と言った。

「どうも、ありがとうございます」

薬売りが深々と頭を下げて、敷居を跨ぐと、熊五郎はさらに奥に招いた。不思議がっている若い衆に、

「忠次だ。岡っ引らに気づかれねえよう、見張ってろ」

と命じた。

代官殺しで追われている忠次と知って、若い衆たちは驚いた。年は熊五郎より五つ六つ下のようだが、逃亡暮らしのせいか、老けて見えた。しかも、噂に聞くほど喧嘩に強そうには見えない。

「ご無沙汰ばかりです、熊五郎兄貴」

荷を下ろした忠次は、渡世人らしく丁寧に挨拶をした。

「心配してたんだぞ、兄弟」

「ありがとうにござんす。越中富山の薬売りは〝天下御免〟も同然。関所なんぞも、

容易に通してくれるので、逃げるにはこれに限りやす。ご迷惑はおかけ致しやせん。二、三日逗留したら、退散致しやす」

「そう気遣うことはねえよ。今日のところは、ゆっくり湯にでも浸かって、長旅の疲れを落としたらいい」

熊五郎が微笑みかけたとき、廊下から、三国藤十郎とお蓮が入ってきて、

「忠次、無事息災でなによりだ」

「ほんに、忠次の兄さんだ。会えて嬉しい」

それぞれ声をかけると、忠次の方も懐かしそうに、

「もう来てなすったかい。いや、その節は色々と迷惑をかけやした」

「何をおっしゃいます。渡る世間に鬼はない。お互い様じゃございませんか」

お蓮が愛嬌のある笑みを返すと、熊五郎の強面も楽しそうに緩んで、

「三人の真打ちが揃ったところで、此度も美味みのある仕事をやろうじゃねえか。おまえさんたちが来るまで、この伝法院一家がしっかりと下拵えをしてきたんでね」

と言うと、三国も満足そうに笑った。

忠次が湯を浴びて落ち着くと、熊五郎とこの三人、そして銀蔵や伊三郎、岩六ら主立った幹分も交えて、酒を酌み交わした。高膳に用意した江戸前の魚料理をあてに、次の策略などを話し始めた。

「――その前に、忠次……時松は死んだぜ」

熊五郎が何の感情もなく言うと、忠次の方も他人事のように、

「そうですかい。ろくな死に方をしない奴だとは思ってたが、どうせ酒のせいかな」

「ああ。酔っ払って川にドボンらしい……うちで供養してやったがな」

「はは。熊五郎親分に葬って貰えば、成仏できるってもんだ」

忠次は却って礼を言うほどだった。子分といっても、時松とはそれほどの仲ではなく、あちこちで、忠次の身のうちだと語られ、迷惑をかけられていただけのことらしい。

「そいつは、本当に厄介だったな……で、今度の獲物は、浅草にある『足利屋』という太物問屋だ。ここは地味な商いをしているが、そこそこ蓄えていて、俺たちが狙うには程良い大店なんだ」

「ああ。大店過ぎるとその分、騒ぎもでかくなるし、襲うのも大変だ」

三国が言うと、熊五郎は頰の傷痕を撫でながら、

「しかも、『足利屋』の主人には少々、痛い目に遭ったんでな。意趣返しってやつだ」

「痛い目ってのは、なんだ」

「しょうもないことだけどな、女郎にと狙った女を、奴は悉く金で始末をつけにくる」

「だったら、親分には損はないではないか」

「そりゃそうだが、深川にある俺の女郎屋で稼ぐはずの女を、安い金で叩かれた気がしてな、腹が立つ」

と言いながら、熊五郎が酒を三国に注ぐと、

「たしかにムカつくな。ちょいと懲らしめてやろうじゃねえか」

忠次が煽るように言った。お蓮は女だから、その話は避けたかったのか、

「私は賭場を任せて貰えば、幾らでも親分さんを儲けさせることができますけどねえ」

「それは有り難いが、この屋敷も少々、お上に睨まれてるしな。いつぞやは、商家の若旦那ばかり集めて、遊ばしていたのだが、北町の奴らに踏み込まれて、大事になりそうだった」

「大丈夫だったんですかい？」

今度は、お蓮が熊五郎に酒を注ぎながら、上目遣いで見つめた。

「まあ、その場は収まったがな……危うく、賭場で稼いだ金や、他で盗んだ金を見つけられるところだった」

「熊五郎のことだから、かなり溜め込んでるのだろうよ」

三国が探るように訊くと、熊五郎は苦笑して、

「心配しなくても、旦那にも忠次、そして、お蓮にも、『足利屋』の一件に手を貸してくれたら、キッチリ分け前を渡す。ひとり千両ってところで、どうだい」

「ほう。そんなに貰ったら、これから悪さをする楽しみがなくなるってもんだ」

笑いながら三国が酒を呷（あお）ると、忠次は神妙な顔つきで、

「で、どうやって盗みをやるんでやす。まさか、押し込みの真似事は御免ですぜ。こちとら代官殺しで追われる身だから、下手を踏んで捕まったら、オジャンだ」

と言うと、熊五郎がお蓮に杯を突き出して言った。

「だから、お蓮、おまえさんには壺振りではなくて、掏摸の腕の方を活かして貰いてえ」

「何か、一芝居組むってことですね」

お蓮が任せて下さいと軽く胸を叩いて酒を注ぎ足すと、銀蔵が心配そうに話に割り込んだ。

「ですが、親分……お蓮姐さんが、掏ったところを、嵐山のやろうが見咎めやした。もっとも、財布は……」

銀蔵は懐から出して見せて、

「このとおり、あっしが密かに受け取って、預かってやすがね。あっしらが止めに入ったことで、嵐山は俺たちの関わりに勘づいていると思いやすよ」

「バカか、おめえは……」

「えっ……」

「このお蓮が下手を踏むわけがあるめえ。あれは、嵐山が尾けていたのを、『こっちは承知しているぞ』って見せつけてやったんじゃねえか。だろ、お蓮……」

「おっしゃるとおりですよ。この屋敷の裏手にある居酒屋には、町方同心や岡っ引らが張り込んでるみたいだしね」

「あ、そうでやしたか……面目ねえ」

銀蔵は頭を搔いて、懐の財布を差し出した。平右衛門から盗んだ、茶色の馬の皮をなめして作られたものである。

「あっしは手を付けておりやせんからね」

冗談混じりに言いながら、熊五郎に手渡すと、中には小判が十枚も入っていた。

「ほう、こりゃちょっとした小遣いだ。持ってる奴は持ってるな。どんな奴だった。間抜けな面を見たかったぜ」

熊五郎が尋ねると、銀蔵はよく見てなかったと首を傾げたが、お蓮も何処にでもいるような顔だから忘れたと一緒に笑った。そもそも掏摸ってのは相手の顔より、手足の動きを見ているものだと話した。

すると、財布を見ていた熊五郎の目つきが変わった。

「――これは……」

財布に丁寧に折り畳んでいる紙を広げると、それは借用証文だった。貸し主は、両替商『但馬屋』で、借り主は『足利屋』番頭・杢兵衛とあり、五十両もの大金を借金している。

「へえ。あの番頭がこんなに……いつも、へえこら頭を下げてるくせに、どうせ女郎買いでもして、借金を作ったんだろうぜ」

熊五郎は吐き捨てるように言うと、何か思いついたのか、

「おい。手始めに、これでちょっくら脅してこい。ついでに店の様子を窺って、事と次第じゃ、〝仕掛け〟を練り直してもいい。銀蔵、おまえできるか」

「あっしじゃ、『足利屋』に顔が知られ過ぎてるんで、岩六。おまえやれ……いや、うちの者たちじゃ……」

「だったら、私が引き受けますよ。付け馬屋の真似事もしたことがあるし、それに財布は私が掏ったものだし、何かあっても言い逃れして誤魔化しやすい。これを銀蔵さんが持ってたら、逆におかしいでしょ」

「そうかもしれねえな。では、久しぶりに、お蓮姐さんのお手並み拝見といくか」

翌日、お蓮は借用証文を持って、すぐに『足利屋』に出向いた。

揉め事が大きくなってはまずいから、伝法院一家の者たちもさりげなく見張って

いた。むろん、狙った店の事情を改めて調べるためである。準備万端整えて、うまく騙して、金を奪い取る算段は練りに練っている。

まず、若い衆の誰かが、『足利屋』の手代に怪我をさせられる。その慰謝料を寄越せと因縁を付けると、相手は必ず幾らか出そうとする。それを蹴って、多額を求めると、必ずお上に訴え出ると言い出す。

そこへ、旅の渡世人の忠次が仲裁に入るが、代官殺しで追われる身であることを、わざと噂にしてバラす。すると、町方同心に成りすました三国藤十郎が乗り込み、

「代官殺しを匿った咎で捕縛する」

と主人や番頭ら主立った者たちを捕まえて、縛り上げる。だが、逆に忠次が大暴れして、三国を斬ってしまう。もちろん芝居である。動揺した店の者たちが飛び出して逃げたところへ、捕方に扮していた伝法院一家の若い衆たちは蔵に押し込み、千両箱を持ち逃げする算段である。

あまりに乱暴な策略だが、代官殺しの忠次のせいだ——と噂になれば、町方たちは忠次を追跡することに気を奪われる。当然、忠次は若い衆たちが身の安全な所に隠し、金もバレないところに隠す。

その際、大暴れする忠次の人質役になるのが、たまさか店に来た客を装ったお蓮だ。仕事の前に、借用証文で景気づけに軽く一儲けしようと欲を出したのだ。

六

案の定、番頭の杢兵衛は吃驚して、

「し、知りません……私は借金なんか、してません……」

と否定をしたが、客が何人もいる中で、証文を出されて迫られては、店の信頼が崩れようというものだ。

「私も子供の使いじゃないんだから、はいそうですかって帰るわけにはいかないんだよ。ほら、証文はこのとおりある。『足利屋』番頭の杢兵衛さんてなあ、あんただよね。それとも他にいるのかい」

「何かの間違いです。それは……本当に身に覚えがありません」

「そうかい。だったら店の主人と話をつけるから、出して貰いましょうかね」

「主人は、その……」

「なんだい。主人に内緒で、五十両もの大金を女を買うために借金してたのかい」

「な、何を……そんな……」

困り切った杢兵衛を、店の他の者も驚いて見ていたが、客たちはそっと立ち去った。だが、そこにぶらりと入ってきたのは——嵐山だった。すでに十手を突き出していて、

「話なら俺が聞いてやらあ」

と迫った。

「あっ……おまえは、あのときに……」

「よく会うな、姐さん。ちょいと話を聞かせて貰おうかね。おまえさんが、借金取りとは知らなかったぜ」

まずいとばかりに逃げ出そうとするお蓮を、嵐山の太い腕が抱え込むと、まるで子猫も同然だった。嵐山は借用証文を取り上げ、後ろに控えていた下っ引ふたりに、お蓮を押しやった。下っ引がすぐに縄に掛けて、最寄りの自身番に連れていこうとすると、

「何だよ。私が何をしたってんだよ。これじゃ咎人扱いじゃないか」

「そうだよ。おまえが、これまで隠し賭場でやってきた、あれやこれやを聞かせて貰おうじゃねえか。この借金のこともな」

ポンと借用証文を叩くと、お蓮は訳の分からないことを喚いていたが、下っ引に強引に連れ去られた。

「主人はいるかい。平右衛門だ」

「え、それが……」

番頭が困惑していると、表通りから「旦那」と声がかかった。振り向くと、茶屋娘のお里だった。愛嬌ある顔で、

「ほら。向こうに、どうぞって……」

と手で指した。

嵐山が見上げると、この前会った茶店の二階の窓から、平右衛門が見ている。目顔で「こちらへ」と言っているので、嵐山はお里について店に入っていった。

「──吃驚しましたよ……あれは、この前の女掏摸じゃありやせんか？」

平右衛門は、嵐山が座るなり声をかけて、

「それにしても、たまたま親分さんが来てくれなかったら……」

「偶然ってもな、俺もある奴を探しに来てたんだが……」

窓の外から、『足利屋』を一瞥してから、

「あいつは、こんなものを持ってたが……心当たりはあるかい」

「あっ。これは……掏られた財布にあったものです」

「この前の……」

「はい。他に十両ばかり入ってたはずですが……あの女、これを使って……」

ピンときたように平右衛門が言うと、嵐山は頷いて、

「欲をかいて、御用ってことか。だが、この借用証文は本物かい」

「ええ。李兵衛が何に使ったのかは知りませんが、こんなに借金をしてたのでね、私が代わりに払ってきたんです。だから、証文を受け取ってきたのですが、さっさと破り捨てとけばよかった」

平右衛門は嵐山から受け取った借用証文を破ってから丸めると、近くにいたお里に、竈ででも燃やしておいてくれと預けた。

「いいのかい……番頭を庇ってるようにも感じるが」

「あいつは良い奴ですし、店になくてはならないので……今度、じっくり説教して

おきますよ。それより親分さん……なんだか、近頃、またぞろ伝法院一家が、うちの近くにチラチラしてる気がしましてね」

「伝法院一家が……実はな、今し方、店に来たお蓮も……」

熊五郎の息がかかっていると、嵐山が言いかけたとき、

「ほら、見て下さい。あいつですよ」

と平右衛門が目顔で言うと――『足利屋』の店の前を、うろうろしている若い男がいた。

それは、将馬だった。店の表から、路地裏などを見定めるように歩いている。盗みにでも入る下調べのような様子である。

「あっ……あいつは！」

思わず嵐山が声を洩らすと、平右衛門は意外そうに目を向けて、

「知ってるんですか、親分さん」

「奴を見張るために、俺もおまえさんの店の近くに来ていたんだよ」

「あいつは、伝法院一家に出入りしてるんですよ。なんで、うちの店なんか……」

「ふむ……」

嵐山は深く唸って、そわそわした感じで十手で自分の膝を叩きながら、

「もしかしたら、熊五郎と何か取り引きをしたのかもしれねえな」

「取り引き……」

「ああ。旦那には言ってなかったがな、あの男にはちょっとした縁があって、伝法院一家のことを探っていたら、またチョロチョロ出てきやがった」

「あいつが、何か……」

「しょっ引いて、何が狙いが吐かせてみるとするか」

「それもいいですが……もし、うちが狙われているとなると、後が恐い」

「後が恐い……」

「ええ。伝法院一家は阿片を扱ってるような輩ですよ。あの若造をとっ捕まえて何か吐かしたところで、どうせ大したものは出てこないと思います。それより……あの若造を上手い具合に使って、伝法院一家を一網打尽にしてくれませんか」

「一網打尽、な……」

「そしたら、この町は平穏無事になる。誰もが怖がらず、安心して暮らせる」

「――旦那……おまえさん、何か考えがあって言ってるようだが」

「嵐山親分の後ろには、佐々木様もいらっしゃる。鬼に金棒とはこのことです」

平右衛門の何か言いたげな顔を、嵐山はじっと見ていた。

「分かった。だが、その前に、奴をもう一度、キチンと調べてみらあ」

と嵐山は立ちあがって、階下に行こうとした。

そのとき、誰かの着物の裾に足先が絡んで、転びそうになった。なんとか踏ん張ったが、振り向くと、そこには——錦が座っており、ひとりで蕎麦を食べていた。いや、食べ終わって、蕎麦湯を味わっていた。

「なんでえ、錦先生じゃねえか……こんな野暮ったい店で、ひとりで蕎麦とは、町奉行所中の憧れの女先生の名折れだぜ」

「いいでしょ。蕎麦くらい食べたって」

「あ、もしかして、先生も、あいつのことが気がかりで……？」

嵐山が訊いたのは、「将馬のことをキチンと調べた方がいい」と助言したのは、錦だったからである。

「どちら様ですかな。親分さん……」

衝立越しに、平右衛門が声をかけると、嵐山は、番所医の八田錦だと紹介した。

他にも何か話そうとしたが、

「親分さん。早いところ、あいつを……」

と急かすように平右衛門が言うと、嵐山は錦に微笑みかけて、急いで立ち去った。

見送ってから、平右衛門は「よろしいですかな」と錦の前に座り直した。

「――番所医というのは……どういうことをなさっているのですか」

「町奉行所で働いているお役人の、堅固を診ております。与力や同心たちが戦に駆り出される将兵ならば、その怪我や病を診る金瘡医(きんそうい)ってところかしら」

「随分と偉いんですね」

「いえ、まったく。でも、病がちで役立たずの将兵ばかりでは困りますから、病にならぬよう怪我をしないよう、日頃から注意して診てあげる方が大切ですかね」

「役立たずとは……言われる方はたまりませんな」

「商人も同じではありませんか？　番頭や手代らが病に罹れば、それだけでも店が廻らなくなることもおありでしょ。ひとりでも欠けたら、準備万端整えていても、失敗することもありますしね」

「本当に身につまされる話です」

平右衛門は微笑み返すと、「では、仕事がありますので失礼します」と立ちあがった。すると、すぐに錦も会釈をして、

「大将が日がな一日、ここから眺めているだけで商いができることの方が、素晴らしいことだと思います」

「えっ……」

「北町奉行の遠山様もよく言っております。俺が現場に出るようでは、世の中は危ないってことだ。役宅でゴロンとしていられるときは、江戸は安泰ってことだって」

「ああ、なるほど……さすがは名奉行。おっしゃることが粋ですね。では……」

もう一度、頭を下げてから、平右衛門は階下に向かい、そして通りを渡ると、店の中に消えていった。

ぶらぶらしている将馬に声をかけている嵐山の姿も見える。

窓辺から眺めていた錦は、蕎麦湯を注ぎ足して、「ふうん」と溜息をついた。美しい瞳の奥には、キラリと燦めく光があった。

七

佐々木康之助に、将馬が取り調べられたのは、それからすぐのことだった。嵐山が自身番に連れて来たのだが、〝先客〟のお蓮が土間の奥で、悪態をついていた。

「私が何をしたってんだよ。こんなむさっ苦しい所に、いつまで閉じこめておくつもりなんだい、ええッ」

あまりの金切り声に、詰めている番人たちも両耳を塞ぐほどだった。

嵐山はお蓮の肩を十手で押さえつけて、

「ガタガタ抜かしていると、それだけで大番屋送りになるぜ。こちとら、理由がなくても誰何していいって御定法に従って、十手を使ってるんだ」

「うるせえやい」

「おまえの場合はちゃんと理由がある。掏摸だよな。さっきの証文の他に十両ほど金も入ってたが、それも盗んだってか、ええッ」

「知るもんか。私は両替商に頼まれて取り立てに来ただけだよ」

「どこの両替商だ。屋号はなんだい」

「……」

「ほら。忘れてるだろ。いい加減なことをぬかすんじゃねえ。おまえは、イカサマ壺振り師のお蓮。しかも、熊五郎のところに世話になってる。先刻承知なんだよ」

「知らないねえ。それに、お蓮なんて名じゃありませんよ、私は」

人をなめたような言い草になると、嵐山は連れてきたばかりの将馬を引きずり出し、

「しらばっくれても無駄だ。こいつが、おまえのことを、よく知ってるってよ」

「……誰だい」

訝しげに流し目で見るお蓮に、将馬はまだ傷が痛々しい顔を向けて、

「こんなに腫れてるんで、忘れやしたか……俺ですよ。いつぞやは俺がヘマこいて、お蓮姐さんには大変な迷惑をかけて、申し訳ありやせんでした」

深々と頭を下げる将馬に、お蓮は腹立たしげに、

「誰だよ。知らないって言ってるじゃないさ」

「相変わらず気性が激しいですね。でも、そこんところが、たまんねえって兄貴た

ちも話してやすよ。この顔も、銀蔵さんや伊三郎さんにやられちまって……殺されるかと思いやしたよ」

お蓮は知らん顔をしたままだが、睨みつけるように将馬を見ていた。

「時松兄貴の亡骸も、俺は拝みましたが、あれは殺されたかもしれやせんし……次は俺かとずっと恐くて……」

「……」

「あの忠次さんの子分にまで手をかけるんですから、姐さんも気をつけて下さいやし」

「さっきから、何の話をしてるんだい。おまえなんか知らないってんだろうが」

激昂したように怒鳴るお蓮の前に、佐々木はデンと腰掛けて、

「粋がるのも大概にしといた方がいいぞ。こいつが、どうして捕まったか、教えてやろうか。活きのいい姐さんよ」

「だから、知らないって……」

「惚けても無駄だよ。この将馬って若造は、熊五郎に命じられて、阿片の運び屋をしてたってよ。それで下手を踏んだんで、この様だ……血も涙もない連中だな、伝

法院一家てのはよう」

「……」

「正直に話せば、おまえも罪一等くらいは減じてやってもいい。いや、イカサマ博奕のことくらい見逃してやってもいい。おまえも、阿片の一件に関わってんだろう」

佐々木が鋭い目で探るように見ると、お蓮は一瞬、不安げな表情になったが、

「旦那……冗談はよして下さいな。寝耳に水ってやつですよ」

と縋るような目になった。が、佐々木は手にしていた茶をお蓮の耳にぶっかけて、

「起きててもかかるぜ」

「な、何をするんだい、このやろうッ」

「おまえも筋金入りのクソ女だな。なかなか拝めねえ玉だ。そんなに熊五郎のことが大事なのかい。そりゃ、隠し賭場で散々、阿漕な稼ぎをさせて貰ったんだから恩義があるだろうが、阿片は善良な者を廃人にする……賭け事とは罪の度合いが違うんだよ」

「だから、知らないって……」

「強情だな。この将馬は、忠次や三国藤十郎と一緒に、おまえが阿片を伝法院一家まで運び込んでるって話したぜ。そうだな」

佐々木が振り返ると、将馬は「へえ、そのとおりです」と頷いた。それでも、お蓮はあくまでも知らないと喚いた。

「冗談じゃないよ、旦那……私はその将馬って若造なんか、会ったこともないよ」

「だが、こいつは熊五郎の子分たちに、こんな目に遭わされた。こっちだって、こいつが伝法院一家に出入りしていたことくらい、摑んでらあな。大八車の荷に混ぜて、こっそり阿片を運んだこともあるそうだぜ」

「……だから、知らないってば。何度言わせたら分かるんだい」

必死に首を振るお蓮に、将馬は同情するように見つめて、

「姐さん……正直に話した方がいいよ。このままじゃ、俺にみたいにされるどころか、時松兄貴のように殺される」

「……」

「あいつら、虫けらのように殺して、裏の墓場にでも埋めたんだろうよ。俺はいやだ。あんな奴らに殺されるくらいなら、町方の旦那にぜんぶ正直に話して、命だけ

は助けて貰いてえ……姐さん、本当に殺されるよッ」

悲痛に訴える将馬を見ていたお蓮は、首を横に振りながら、

「――本当だよ、旦那方……こいつが何を喋ったか知らないけれど、私は阿片のことなんか、何も知らない……本当です」

と縋りつくように訴えた。すると、今度は将馬の方が居直ったように、

「なんでえ、なんでえ……こっちは姐さんのことを思って旦那方に話したのに、姐さんが知らぬ存ぜぬ決め込むんなら、この際、ぜんぶ話してやらあ」

怒鳴るように言った。

その声があまりに凄まじいので、お蓮も思わず息を飲んだ。

「いいかい、姐さん。明日の夜が〝天王山〟だ……熊五郎親分は、すぐそこの『足利屋』に目を付けて、一騒動起こして蔵の金を奪おうなんて魂胆を企んでる」

「ど、どうしてそれを……」

思わず洩らしたお蓮は、ハッと口をつぐんだ。

「俺も時松兄貴も、仲間に仕立てられそうになったからだよ。けど、熊五郎親分にとって、そんな騒動はどうでもいいんだ」

「どうでもいい……？」

「ああ。どうせ、忠次や三国藤十郎って奴もその騒動に加わって、町方の騒ぎがそっちへ向いている間に、盗む魂胆だろうさ。忠次も三国も所詮は、人殺しの悪党だ。姐さんひとりくらい闇に葬ったって痛くも痒くもないだろうよ」

「いえ……三国の旦那はそんな人じゃない……」

お蓮は意外にも、三国を庇うように言った。乙女のように胸を掻き毟るような仕草で、

「たしかに三国の旦那は町方同心としては、どうだったか知らない……でも、少なくとも私のことは助けてくれた。女の気持ちも大事にしてくれた……」

と切なげな顔になるお蓮に、佐々木が小馬鹿にしたように苦笑した。

「盗賊を捕らえるふりをして逃がしたり、助けるふりをして殺したり、それが奴の遣り口なんだよ。おまえもイカサマ師の割には、脇が甘いな」

「そんなことはない。三国の旦那に限って……」

「惚れた弱みってとこか。改めて教えておいてやるよ。悪党ってなあな、人を信じないってことだ。信じるのは金だけ。いつの世も変わらない。そうだろう、壺振り

で人を騙すことばかりしてきたお蓮さんよ」

悔しそうに一文字に結ぶお蓮を、佐々木はさらに覗き込んで、

「だが、俺たちの狙いは盗みじゃねえ。あくまでも、阿片の方だ。どうでも、熊五郎を縛り上げなきゃならねえ。そこでだ、お蓮」

「……」

「おまえが一枚噛んでくれれば、事は上手く運ぶ。世のため人のためだ」

佐々木は鋭い眼光になって、お蓮を睨みつけた。

「そして、おまえはこれまでの罪から逃れられる。おまえにとって何の損がある。忠次や三国と一緒に磔（はりつけ）にされたいかい」

ぶるぶると震え始めたお蓮に、佐々木は畳みかけて言った。

「簡単なことだ。俺たちが屋敷の中に踏み込めるように、手引きをするだけでいいんだ。阿片の現物さえ見つければ、すべては片が付く。おまえさんの腕次第だよ。どうだい」

お蓮はしばらく考えていたが、小さく頷いた。

「やるんだな。この場から逃れたいだけのためじゃないだろうな」

「私が、阿片には関わっていないという証を立てるためです」

「利口だ……阿片の隠し場所は、この将馬が粗方知ってる。だから、こいつを見張り役にして付けるから、裏切りはならないぜ」

当然のように佐々木は言ったが、将馬の方が「エッ」と尻込みした。

「そんな……勘弁して下さいよ。俺の顔を見たら、熊五郎たち、また半殺しにしますよ。それに、俺のことなんか逆に信用しやせんよ。お蓮姐さんだからこそ、騙せるんじゃありやせんか」

「うるせえ。おまえが持ち込んできたネタだ。しっかり後始末をつけな。でないと、おまえも余罪を洗って……三尺高い所だ」

「嫌だよ。そんなの、俺は……」

「てめえ。俺の言うことが聞けねえってのかッ」

佐々木に怒鳴られて逃げ腰になったとき、扉が開いて、団子を盛った皿を抱えたお里が入ってきた。

「お待ちどおさまです。あれ……」

雰囲気を察して、お里が立ち尽くした。そのとき、将馬はすぐに立ちあがり、お里の肩を摑んで首根っこに匕首をあてがった。

「⁉――」

驚いたお里は、団子の皿を落としてしまった。

「てめえら、俺を巻き込むな。どうなろうが知ったことか。おい、動くなよ。動いたら、この娘っこの喉をカッ斬る」

「やめろ、将馬。そんなことをすると、おまえまで……」

嵐山が両手を広げて突っかかろうとした。が、「どきやがれ！　本当に刺すぞ！　一歩も動くな！」と将馬が怒鳴ると、嵐山はそれ以上、何もできなかった。将馬は刃物をあてがったまま、お里と一緒に外に出て、路地の方に逃げ込んだ。

「キャア！」

お里の悲鳴に、嵐山が駆けつけたときには、もう将馬の姿はなかった。地面に倒されたお里は、将馬が逃げた方を指している。嵐山は下っ引を駆り立てて、路地の奥に向かって走り出すのであった。

そんな様子を、平右衛門が表通りから、じっと見ていた。

八

その夜——熊五郎の前に、お蓮が座っており、背後には忠次と三国がいた。いずれも険しい顔をしている。

「何があった、お蓮……」

野太い声で熊五郎に訊かれると、恐い顔つきと相まって、恐怖が湧き上がってきた。忠次と三国も、熊五郎には逆らうことができないとでも言うように、無言で聞いている。

「おまえが、借金取りに失敗して、自身番に連れ込まれたのは、銀蔵が見てるんだ」

「……」

「そこには、この前、痛めつけた将馬ってガキも嵐山が引っ張ってきた。奴は俺の隠し金を探そうとしてたから半殺しにしてやったんだが、そのことを佐々木に話してたか」

「いいえ……」

「将馬がなぜ『足利屋』を探っていたかは知らねえが……おまえは佐々木に何を訊かれた」

「いえ、何も……」

「だったら、なぜ一度は縛りつけられたのに、解き放ってくれたんだ」

明らかに熊五郎は何かを疑っている。振り返ると、三国も味方をしてくれるどころか、冷ややかな表情で言った。

「素直に話した方がいいぞ」

「おまえさんまで……」

「ふん。女房面されちゃ困るな。俺たちはあくまでも商売仲間だ」

三国の言い草に、お蓮は冷笑を浮かべ、

「そりゃ、その通りだけどね……私も少々、焼きが廻ったかな」

と決心をしたかのように熊五郎に向かって、自身番で責め立てられたことを、そのまま話した。そして、疑わしい目になって、

「親分さんが、阿片を扱ってたとは思いもしませんでしたよ」

「──なんだと……」

「今度は何をするつもりなんですか。『足利屋』に押し込んだところで、向こうもどうやら勘づいているようだし、踏み込んだ途端、御用になるのが目に見えてる。何が準備万端整ってるですか。私たちに盗賊の真似事をさせて、阿片のことから目を逸らさせるつもりだったんですか。ねえ、親分さん」

一気に責めるように言うお蓮に、熊五郎は感情を露わにして、

「阿片なんざ、俺は扱ってねえぜ」

「嘘ばっかり……私のせいにされそうになりましたよ」

「本当だ。ありゃ、身内の者が使ったら始末に負えねえし、仕入れたとしても売り捌くのに手間がかかる上に、お上に睨まれたら、隠し賭場や盗みよりヤバい。そんな危ない橋は御免被るよ」

「へえ。だったら、どうして町奉行所が、この屋敷をずっと張ってるんだい。忠次さんや三国の旦那のことも、町方同心はとうに掴んでますがねえ」

「おまえ、俺を疑ってるのか」

「でなきゃ、私があんなに責め立てられるわけがない……本当のことを話してくれ

たら、私も手を貸すよ。これからも、ずっと」

「……」

「佐々木って筆頭同心は、私に手引きしろとまで言った。だから、こうして帰してくれたんだ。もっとも、そんなことする気なんざないけれどね……親分さんが、私らにすら内緒にしてるなら、こっちも考えなきゃならない。我が身に関わることだからねえ」

お蓮が話すのを聞いていて、忠次も熊五郎に訊いた。

「どうなんです、熊五郎兄貴……事と次第じゃ、関わりを断たなきゃならねえ」

「おいおい。おまえら、どうかしてるぜ。賭場も盗みも、金が目の前にあるからこそ、〝その場働き〟ってんだ。阿片だろうが、大麻だろうが、手間がかかるのは性に合わないんだよ」

「熊五郎……俺からも訊きたい」

三国も静かな物言いだが、疑いの目を向けて、

「これまでも俺は何度か、おまえの手の者が盗みをやった際、下手をこいて逃がしてやるために、押し込んだ先の商人を斬ったりした。お陰で浪人暮らしだ。ま、そ

れはいいが……盗んだ金で、阿片を仕入れて、それで儲けを膨らませてるのではあるまいな」

「待てよ、おい。おまえら、どうかしてるぜ。そんなに俺が信用ならねえのか」

「ああ、ならぬな。町奉行所が動いてるってことは、それなりのネタがあってのことだ。言い訳せずに、正直に話せよ」

「てめえら、恩を仇で返すってのか！　これまで、お上から逃げてこられたのは、誰のお陰だと思ってやがんだ！」

不愉快な顔つきになった熊五郎が、声を荒らげたとき、銀蔵ら子分たちがドッと部屋に乗り込んできて、三人を取り囲んだ。いずれも、威嚇した形相で、すでに長脇差を抜き払っている。

忠次と三国は腕利きだが、相手は三十人を超える若い衆ばかりだ。しかも喧嘩慣れしている奴らばかりだから、お互い怪我では済まないであろう。

おもむろに立ちあがった熊五郎は、この渡世で数々の血塗れの喧嘩を勝ち抜いてきただけのことはある。恫喝するように、忠次と三国を見下ろすと、さらに激昂した態度になって、怒声を浴びせかけた。

「俺と組むのが嫌なら、さっさと出ていってくれねえか。こちとら、おまえらに義理立てすることは、もうねえんだからよ」

「――ま、待ってくれ、熊五郎兄貴……落ち着いてくれよ」

両手を掲げて制するように、忠次は懸命に謝った。

「俺も三国の旦那も、喧嘩を売ってるんじゃねえ。あちこちの宿場でも、兄貴の息がかかってる者たちに手厚くして貰って、感謝してるんだ。気を悪くしたなら、このとおりだ」

土下座をする忠次に、熊五郎は少しばかり、頭に昇っていた血が下がったのか、

「もういいや。面も見たくねえ。明日の朝には出ていってくれ」

と吐き捨てるように言うと、その部屋から出ていった。

すると――前庭の植え込みや屋敷の廊下などに、人影が大勢潜んでいるのが分かる。暗がりの中だが、ズラリといる。黒い人影がザワザワと広がると、部屋の行灯明かりに浮かんだのは、すべて町方の捕方の姿だった。

ズイと前に出てきたのは、佐々木で、他にも定町廻り同心三人と、嵐山ら岡っ引も控えていた。その数は、熊五郎の子分たちの二倍、いや三倍はいそうである。

「お蓮……よくやった。おまえの手引きのお陰で、すんなりと入れたぜ」

佐々木がニンマリと笑うと、お蓮は首を横に激しく振って、

「知らないよ。私は何も……」

と言ったが、熊五郎は怒りの目になって、「てめえ！」と女相手に蹴倒した。

それが合図になって、一斉に子分たちは捕方たちに斬りかかった。だが、捕方たちは刺股（さすまた）や突棒（つくぼう）、袖搦（そでがらみ）など捕り物道具を駆使して、子分たちを遠慮なく叩きのめした。

また、投網などを掛けて、身動きできなくなった者たちを六尺棒で骨が折れるくらい叩きのめした。相手は喧嘩慣れした極道者である。油断したら、自分たちが殺される。捕方たちも必死であった。

突然の乱闘に、忠次は慌てて逃げようとしたが、その前に嵐山が立ちはだかった。

「よう。代官殺しもとんだ最期だな。悪いことはできねえんだよ」

「うるせえッ」

鋭く長脇差を突き出して斬りかかった。さすが、上州では名の知れた渡世人だけあって、嵐山でも容易には倒せなかった。だが、熊五郎の子分たちが悉く、捕縛さ

れているのを横目で見て士気が下がったのが、一瞬、動きが止まったとき、嵐山の張り手が決まって、忠次は卒倒した。

三国も大暴れをして、捕方を数人、斬って怪我をさせたが、手足に投げられた鎖が絡んで身動きが取れなくなった。その前に、佐々木が近づいてくるなり、籠手を打って刀を落とし、さらに首根っこを叩きつけた。

がっくりと膝をついた三国に、佐々木は切っ先を突きつけて、

「この場で斬り倒したいくらいだが、キチンと遠山奉行の裁きを受けるがいいぜ」

とさらに峰打ちで肩を打つと、鎖骨が折れる音がした。

肝心の熊五郎は、寺のような広さの屋敷内だが、勝手はよく知っている。万が一の捕り物のために、逃げ道も作っていた。騒ぎの隙に、自分だけは座敷の隠し部屋から裏庭に出て、狐を祀っている小さな稲荷社の前に来ると、鍵をこじ開けた。

そこには、千両箱が数個、重ねて置いてあり、何かあったら、それを持って逃げるつもりだったのであろう。

這うようにその中に入ろうとしたとき、

「ほう。こんな所に隠してたのか」

と声がかかった。振り返った途端、熊五郎の顔面は思い切り棍棒のようなもので殴られ、その場に昏倒してしまった。

翌朝になって──。

稲荷社の中で蹲(うずくま)って、気を失っている熊五郎が嵐山によって見つかった。引きずり出されるとき、ようやく目覚めた熊五郎は、

「な、何があったんだ……」

と啞然としていた。

「これから、じっくり聞かせて貰うぜ……たんまり、蓄えているようだしよ」

下っ引らが千両箱をふたつ、運び出してくると、熊五郎は目を見開いて、嵐山に摑みかかりながら、

「他のはどうした。もしかして、てめえ、取りやがったな」

「何のこった」

「しらばっくれるな。俺をぶん殴りやがって、盗みやがったな、このやろう」

「他にもあったのか」

「うるせえ。てめえら、生かしちゃおかねえぞ」

「それはこっちの科白だ。博奕に盗みに、阿片……阿漕な真似をして貯めた二千両。これで動かぬ証拠だな」

「黙りやがれ、五千両だ。後の三千両、どうしやがった！」

「それも、お白洲で話せばいいぜ。どの道、あの世には持っていけねえがな」

　抗おうとする熊五郎を、嵐山は張り倒した上で、縛り上げた。まるで、市中引き廻しのように、熊五郎の顔を見せながら、嵐山は練り歩いた。悪さをすれば、こうなると見せしめにしているのだ。

　浅草寺の参道から、雷門を潜って、表通りに出てしばらく行くと、『足利屋』の店先でも、番頭や奉公人らが恐々とした顔で、熊五郎を見ていた。

「なんだ、てめえら！」

　悪態をつく熊五郎の顔に、誰もが首を竦めて目を逸らした。縛られていても恐いものは、恐いのである。

「番頭……杢兵衛だったかな」

『足利屋』の前で止まった嵐山は、声をかけた。

「主人の平右衛門のお陰もあって、こうして捕縛できた。一言礼を言おうと思うのだがな、顔を見せてくれないか」

「えっ、旦那様……のですか」

「いないならいいが、この熊五郎の面を一発くらい叩きたいんじゃねえかと思ってよ」

「そんな……旦那様なら、もう三月余り、病の養生のため、湯治に出ておりましてね、店にはおりません」

「えっ……？　じゃ、あれは誰でえ」

「どのようなお手伝いを旦那様がしたのか存じ上げませんが、とにかく良かったです……ええ、これで安心して暮らせます」

杢兵衛が深々と頭を下げると、熊五郎はさらに怒声を浴びせ、嵐山に引きずられながら立ち去った。

九

その頃——。

品川宿の手前、高輪の大木戸を抜け出たところの茶屋の縁台に、旅姿の平右衛門が座って茶を啜っていた。

奥から出てきた、やはり旅姿の娘が、平右衛門にニコリと微笑みかけて、

「お待たせしました。ここより、浅草の団子の方が美味しいですね」

「そうなのか。考えてみれば、食べたことがない」

「ですね。団子嫌いですから。でも、お汁粉は好きでしたよね。どうですか、もう一杯、お祝い代わりに。奢りますよ」

「はは。おまえさんは、いつも明るくていいね。いいお嫁さんになれるよ」

「とんでもない。お嫁になんかいきません。私にとって、一番の愛おしい人は、金蔵さんですから、あはは」

「金蔵さん……？」

「大判小判がざっくざくってね。信じられるのも金蔵さん」

お里は軽く懐を叩いて、微笑んだ。

「では、私はここで」

「品川宿まで一緒に行った方がよいのではないかな」

「そうですねえ……でも、私、あまり将馬さんとは気が合わないから」

ペロッと舌先を出したとき、ぶらりと手甲脚絆(てっこうきゃはん)に飛脚姿の将馬が小走りで来て、

「聞こえたぜ、お里。俺のことが嫌いなら、もう助けてやらねえからな」

と声をかけた。相変わらず顔の腫れは残っているが、飛脚に見えないことはない。

「おや、そんな格好して、余計、怪しまれますよ」

「飛脚は天下往来御免だ。では、俺は一足先に……というか、お互いもう二度と会わないと思うが、色々と世話になりやした。おふたりとも、どうか無事息災で」

将馬が軽く挨拶をして駆け出そうとすると——その先に、八田錦が立っていた。小袖に紫色の羽織をかけている。

アッと踏ん張った将馬に、錦はゆっくりと近づきながら、

「診察代を頂いてないんですけど」

と真顔で手を差し出した。

将馬は何も答えず、立ち尽くしている。

「錦先生……どうして、ここに」

「あなたに、阿片の話の続きを聞きたいと思いましてね。ほら、あのまま逃げるよ

うに、いなくなっちゃったから」

「阿片……」

「ええ。私に告白したでしょ。だから、あの後、気になって夜も眠れなくなって……検屍した時松さんでしたっけ、お酒の飲み過ぎによる溺死と判断したのに、もし殺されていたのなら、ご本人に申し訳ない。そう思って、お墓に埋めた亡骸を出して貰って、調べ直したんですよ」

「……」

「もし、阿片をやっていたとしたら、私は間違った見立てをしたわけなので。これは、奉行所の捕り物控えに残るものですから」

錦は将馬の前に立ちはだかったまま、阿片が非常に危険なものであり、体内にも滞留するものだと伝えた。

「もっとも、医術には必要なものなんです。漢方では経絡に鍼で施術をするだけで、麻酔のように痛みを取る方法もありますが、やはり刃物によって体を傷つける外道を施す場合は、必要なものなんです。痛みや苦しみを取り去る麻酔に使うんです」

「……」

「でも、阿片を吸わせて、女たちを弄ぶことに使う悪い人もいますがね……とにかく、時松さんが使っていたとしたら、私の見落としなのでもう一度調べてみました」

「そうですか……」

将馬が気のない返事をすると、錦は「おや？」という表情になって、

「あなたが話してくれたんですよ。でも、亡骸には、その痕跡がまったくありませんでした。時松さんは使ってなかったんですね」

と、さらに近づいて顔を覗き込んだ。

「では……熊五郎一家の屋敷からも、阿片は見つからなかったんです」

その様子を、平右衛門とお里も少し驚いた顔で見ている。錦はふたりに向かって、軽く頭を下げて微笑むと、

「『足利屋』のご主人、平右衛門さんに、お里さんでしたかね」

と声をかけた。

「――ああ……嵐山親分に……」

「はい。でも、まさか、おふたりと将馬さんが知り合いとは思ってもみませんでした」

「えっ……」

「だって、お互いもう二度と会わないと思うが、色々と世話になった。どうか無事息災で……なんて、今し方、挨拶を交わしてたではありませんか」

「それは、この茶屋で出会って、ちょっとしたことで……」

「でも、お里さんが団子の皿を持って自身番に行ったとき、将馬さんは人質にして逃げましたよね。逃げたのではなく、将馬さんは天水桶の陰に隠れて、お里さんが嵐山さんたちに、違う方を指さしてましたけれど」

「……」

「知り合いだったんですね。あそこに団子を持っていったのは、将馬さんを逃がす〝算段〟だったんですよね」

錦はじっとお里を見つめて訊いた。だが、お里は首を傾げているだけだ。

「その場のことは、平右衛門さんも通りを挟んだ所から見ていましたよね……ええ、その場には、私もいたんです」

平右衛門は錦から目を逸らして、

「さあ、覚えてませんが」

「あの騒ぎを目の当たりにして、しかも自分の茶店で働けるよう世話をしたというお里さんを、この将馬さんが刃物で脅していた騒ぎを、覚えてないのですか」

「ええ、知りません」

「私は佐々木様や嵐山親分に頼まれて行ったのではありません。将馬さんが引っ張られたから行ったのでもありません。どうしてだと思います……お三方」

錦はあえて、三人を名指しするように問いかけた。

「あなた方に関わったであろう時松さんは、阿片を使ってなかった。なのに、伝法院一家の熊五郎が阿片を扱っている……と、平右衛門さんと将馬さん、おふたりはどうして知ったのですか。そもそも、時松さんはほんとうに『足利屋』に因縁をつけに来たのですか」

「はい、何度も……番所医さんらしいが、まるで尋問のようですな」

淡々とではあるが、平右衛門は初めて不愉快な感情を露わにした。その表情を酌み量るように見つめながら、錦は断じた。

「ええ。尋問です」

「なんと……」

「遠山のお奉行からも許しを得てます。医者として疑問があれば、明らかにしなければいけませんので。番所医の調べたことや意見は、お白洲でも証拠として用いられますから」

お白洲という言葉を強調したわけではないが、平右衛門と将馬、お里はそれぞれが不安な顔色に変わった。

「今のところ、熊五郎が阿片を扱っていたという証を立てられるのは、平右衛門さんと将馬さんしかいないんです。江戸に戻って、証言してくれますか。お里さん、あなたには将馬さんをなぜ逃がしたか。そのことを、きちんと話して頂きたい」

茶の残りを啜ると、平右衛門は苦笑を浮かべて、

「先生……お話ししていることが、私にはサッパリ分かりません。お里はどうかね」

「私にも何のことだか……」

「俺は先を急ぐんで、ここで失礼しやすよ」

将馬は歩き出そうとしたが、錦は両手を広げて止めた。

「品川宿に行っても同じことです。町奉行所の者たちが、宿場役人と一緒に、あなたたちを待っていますので」

「だから、俺たちが何をしたってんだ。いい加減にしてくれ」

苛ついた将馬が錦の腕を払って、先へ進もうとすると、錦はスッと小手投げで倒した。将馬がくるっと反転して地面に倒れると同時に、肩にしていた文箱が落ちて蓋が開き、ジャラジャラと数十両の小判が散らばった。

「何をしやがるッ」

思わず荒々しい声を発した将馬を見下ろして、錦は涼しい顔のままで言った。

「当面の金ですか。これは、伝法院一家の屋敷から盗んだものですね」

「な、何を馬鹿なことを……飛脚として人から預かった大切なものだ。こんなことをして、許されると思っているのか」

「誰から預かって何処に届けるのです」

「おまえに答える謂われはねえ」

「その体をボコボコにされた仕返しってわけですか、盗んだのは」

「……」

「お客さんが集まって来ましたが、そろそろお芝居は幕引きにしませんか」

野次馬が遠目に見ており、大木戸の役人も何事かと近づいてきた。

「たとえ、悪いことをして蓄えたやくざ者の金でも、盗んだら罪ですよ……正直言うとね、見て見ぬふりもできましたよ。どうせ、ろくでもないことをして、人から騙し取った金だろうからってね」

「……」

「でも、あなた方が横取りした金は、熊五郎たちが隠し賭場や女衒など、阿漕なことをした証でもあるんです。しかも、町方同心や岡っ引を騙しての大捕り物だから、あなたたちは、その罪もありますよ」

錦は平右衛門の隣にさりげなく座り、

「ですよね、旦那……『足利屋』の主人ってのも大嘘だし、嵐山親分はちょいとぬけてるから、あっさり騙されたようですがね」

「……」

「掏摸のお蓮も上手いこと使いましたね。わざと掏られるように仕向けたのが、憎いじゃありませんか……しかも、その財布の中に、偽の借用証文まで入れておいて、欲をかいたお蓮らが、番頭に言いがかりをつけにくることまで見抜いていた。さすがです」

平右衛門は観念したかのように、目を瞑っている。畳みかけるように、錦は続けた。

「そして、嵐山親分をうまく呼びつけて、お蓮を自身番に連れ込み、その後で、また将馬に一芝居打たせた……徹底して、伝法院一家は阿片を扱っているとね。しかも、忠次と三国藤十郎が来ることを見据えての〝触れ込み〟だから、手柄を立てたい佐々木様も嵐山親分も気が浮わついて、あなた方の筋書きにまんまと組み込まれたってわけです」

「……」

地面から立ちあがったものの、将馬も唖然として錦を見ている。お里だけは、素知らぬ顔で横を向いていた。

「お蓮が手引きしたように見せかけたけれど、それも計算済み。伝法院は裏切り者が出たと思って、大騒ぎ。どうせ、将馬さんが裏戸の閂(かんぬき)を開けていたんでしょ……

佐々木様や嵐山さんたちが押し込んだけれど、あなたたちが知りたかったのは、金の隠し場所」

「……」

「熊五郎はぬかりない奴だと、これも平右衛門さん、あなたは読んでいたのですか……上手い具合に、熊五郎が逃げた先を、あなたたちは摑んで、失神させた。最後は少々、乱暴だったけれど、二千両を残したのは、お上の阿片への疑いを熊五郎に残しておくため」

目を閉じたままの平右衛門の横顔を、錦は凝視して、

「その後、屋敷のすぐ裏手から、将馬さん得意の大八車で、山谷堀まで運び、そこからは船で大川に出て、品川の何処かまで誰かに金を摑ませて運ばせましたか」

「なるほど……」

ふうっと溜息をついた平右衛門は、苦笑いをしながら、

「お医者様なのに、あなたは作り話をするのが上手ですな……では、これにて」

と立ちあがった。何事もなかったように、錦のことなどまったく無視をして、品川宿の方に歩き始めた。

「誤算があるとすれば、将馬さん……あの夜、柳橋の自身番に私がいたことでしょうかね。時松さんの遺体を見たときのあなたの顔は、よく覚えてますよ……そのとき、『これは使える』と即座に判断し、騙り仲間の平右衛門さんに相談を持ちかけた。熊五郎を泣かせてやろうとね」

「……」

「その後、私のところにまできて、阿片の〝ごり押し〟をして、さらに嵐山親分らを動き出させようとしたのでしょう。でもね……」

錦はうっすらと微笑んで、

「中間の喜八さん……元は吟味方与力の辻井様に仕えていますからね。その昔は十手捕り縄もやっていた人なんです。あなたを尾けて、ずっと平右衛門やお里さんと、ひそひそ話をしていたのを見ていたんですよ」

「……」

「おまけに、平右衛門さん……あなたが何者かってこともね。それは、お白洲でのお楽しみとして、そろそろ正直になりませんか」

「うるせえッ」

と怒鳴ったのは将馬の方だった。そして、まさに飛脚のような足取りで、品川宿の方へ向かったが、行く手からは町方役人や捕方たちが来ているのが見えた。

深い溜息をついた平右衛門は、錦の顔をまじまじと見て、

「いや、実に美しい……心も美しい……と言いたいところだが、疑い深いってのは、心が醜いからなんですよ……そういう人間は騙せない。いや、本当に身に染みて感じた」

と呟くように言ったが、精一杯の皮肉だったのであろう。

お里はあくまでも、私は関わりないと逃げようとしたが、異変を察した大木戸の役人が捕らえるのだった。

「あ、乱暴はよして下さいよ。お里は本当に身の上が可哀想な娘なんだからね。すまないね、巻き込んでしまって……おまえは大した罪にはならないよう、お奉行様に訴えておくからね。ああ、本当に乱暴はやめて下さい」

まるで自分の娘であるかのように気遣う平右衛門を、錦は憐れみと悲しみを帯びた瞳で見つめていた。

江戸の海の潮騒も妙にざわついていた。

第三話　盗賊の涙

一

京橋の繁華な大通りの一角に、その名のとおり『角屋』という大店があった。四つ辻の角にあるため、店には東側と南側の両方から出入りできる。

この立地には代々、地主とか町名主のような栄誉ある町人が、商いをするために構えることが多かった。だが、『角屋』はいわば一代で成り上がった新興商人である。しかも、扱っている物は、箒やハタキといった日用雑貨から、茶碗や丼などの陶器や漆物、履き物や古着、手拭い、線香や蚊帳、白粉や化粧道具など、暮らしに必要なありとあらゆるものを扱っていた。

小売りをまとめたようなもので、安売りではあるが、〝現金掛け値なし〟の商法で、成功していたのである。

もっとも、江戸の出商いというのは、ほとんどが朝、問屋から仕入れた物を売って、その利益で、翌日の仕入れの金を残して暮らすのが一般的だった。金が足りなければ、金貸しから〝一日借り〟をして、儲けの中から、利子を含めて、その日のうちに返す。これが、「その日暮らし」というものだ。

雑貨問屋『角屋』の商い方は、江戸っ子の性分に合っていたのか、薄利多売の商法は大勢に受け容れられ、呉服問屋や米穀問屋などの老舗とは違う新しい風格に満ちていた。

それでも、急ぎの客のために、朝早くから店を開けており、番頭をはじめ手代たちの働きぶりもテキパキとして、評判が良かった。主人の旬右衛門も人懐っこい性格で、偉そうな素振りはみじんもなかった。それゆえ、客足が途絶えなかったのであろう。

その店から、まだ初々しい姿の娘・佐奈が飛び出してきた。

年は十五で、華やかな顔だちのせいか、もうあちこちから嫁に欲しいと頼まれている。だが、旬右衛門は父ひとり娘ひとりゆえ、婿養子を貰うことに決めている。今日は茶の湯の稽古があるからと、朝早く出かけようとしていたのである。

「お父っつぁん。今日は、おっ母さんの命日だから、昼前には帰ってくるから、何処かへ行っちゃ駄目ですよ」

佐奈が声をかけると、見送りに出てきていた旬右衛門は、

「何処かへって、出かけることなんぞないよ」

と笑って返した。

「そんなこと言って、いつも頼まれ事をしては、ひょいひょいと……でも、人助けはお父っつぁんの性分だから仕方がないね」

微笑んで背中を向けた佐奈は、店の横にある路地に入ろうとした。

そのときである。

ドカン！——という爆音とともに、重ねて置かれてあった天水桶が吹っ飛び、至近にいた佐奈に激しくぶつかった。桶はバラバラになっており、その破片が佐奈の顔や体中に無残にも突き刺さっている。

「⁉……」

目の前で起こったことに、旬右衛門は頭が真っ白になって呆然と立ち尽くしていた。何事かと驚く感情も止まってしまったのだ。

旬右衛門よりも先に、たまたま近くにいた町火消の鳶や出商いの人たちが駆け寄って、助けようとした。が、全身血だらけで、見るからにすでに死んでいるようだった。

「い、医者だ！　誰か医者を呼んで来い！」

「番屋にも報せろ！」

「おい。近づくんじゃねえ！　また爆発するかもしれんぞ！」

「離れろ、離れろ！」

町火消の鳶たちは火事場などで怪我人の扱いに慣れているのか、手際よく佐奈を抱えて、すぐに『角屋』まで運んだ。この店の娘だということは、知っているようだった。

近くの自身番から番人らが来て、爆発した天水桶に人が近づかないようにし、誰か怪しい奴がいないか目を凝らしていた。

やがて、北町奉行所・定町廻り筆頭同心の佐々木康之助と岡っ引の嵐山が駆けつけてきた。瀕死の者がいるということで、〝堅固〟を診る達者伺いで出向いていた八田錦も一緒だった。

破裂している天水桶はひとつだが、他のも吹っ飛んでおり、路地の入り口一面に、血溜まりがあった。

この場の検分は佐々木たちに任せて、錦は佐奈が担ぎ込まれた『角屋』に急いだ。

主人の旬右衛門とは親しいというほどではないが、面識はある。娘の佐奈が何ヶ月か前に、風邪を拗らせたのを診たことがあるのだ。そのときの様子では、屈託がなくて明るい大店の娘さんという感じだった。

店は開けっ放しにしているので、往来する人びとが何事かと心配そうに見ている。野次馬と化している人だかりを割って店内に入り、錦は座敷に寝かされている佐奈の悲惨な姿を見て驚いた。

「――八田錦です……」

声をかけて佐奈の側に座ったが、旬右衛門は口を半分開けたまま、意識が朦朧としている様子だった。

錦は先に旬右衛門の容態を見ると、かなり心拍数が高くなっており、異様なまでに目も虚ろになっている。すぐさま、錦は丸薬の気付け薬を飲ませて、奥の座敷に寝かせておくよう手代らに命じた。

佐奈は一瞥しただけで、もう亡くなっているのではないかと思った。まだ死後硬直は始まってはいないが、体は冷たくなりつつあり、息はしておらず、脈も止まっている。手を施すこともできない状況だった。

「本当に爆発したのですか」

錦は誰にともなく訊いた。すると、傍らにいた番頭の志之助(しのすけ)が、

「だということです……私は店の中にいたのですが、物凄い音がして飛び出したら、旦那様は呆然としており、その先に……」

「娘さんが倒れていたのですね」

「ええ。天水桶が爆発した瞬間を見たという人もいるようです。丁度、近くには子供が歩いていたらしいのですが、いわば佐奈さんが楯になって掠り傷もないそうです」

「そうですか。天水桶が……」

火事を消すための水が、爆発するなどということはありえない。誰かが仕掛けていたということだ。ただの悪戯か、佐奈を狙ってのことかはまだ不明だが、とにかく錦としては、佐奈に何が起こったかを検屍して調べなくてはならない。

喉元には、五寸釘が突き立っているままである。しかも、顔面や手足も含めて、数本も深く刺さっている。今し方、現場をチラッと見ただけだが、尖った何かの破片なども激しく散乱していた。

これほど殺傷能力のある爆弾を仕掛けたということは、単なる悪戯では済まされない。一刻も早く下手人を捕らえないと、また次に何処かで起こすかもしれない。

「錦先生……どうでやすか」

嵐山が入ってきて、被害を受けた佐奈の様子を訊いたが、錦は首を横に振るだけだった。無念さと怒りが一気に込み上がってきたのか、嵐山は声高に、

「なんてことをしやがるんだッ。必ずふん捕まえて、ぶっ殺してやる」

と言った。岡っ引が言ってはいけない言葉だが、死罪にしたいのは当然だった。

「天水桶の方に来てみて下せえ。おかしなことがいくつかありやす」

錦は合掌をして深々と頭を下げると、爆発が起こった場所に向かった。辺りを見廻してみると、四つ辻からは『角屋』の間口十五間ぶんくらい離れた路地の入り口だから、何処からでも人目につく。

「人通りの多い所……もし、もっと大勢の人たちが通っていたら、あの爆発で被害が増えていたかもしれない」

まだ火薬の臭いや煙が漂っている路地の、かなり離れた所まで破片は飛んでいる。

「錦先生、見てくれ。燃え残っているが、これが導火線だ」

と佐々木が黒ずんだ細い縄を見せた。

「木綿の糸を撚り集めたものだが、火薬で固めている。これに火をつけ、手水桶のひとつに詰め込んでいた火薬ごと、爆発させたんだ。恐らく吹っ飛びやすいように、桶の箍は緩めてあったか、切っていたに違いない」

佐々木は自分の目で確かめたことを、錦に話した。死因の特定に繋がるからだ。

「他の天水桶も空だったのですか。水を入れてなかったのですか」

天水桶は場所にもよるが、三つか六つを山形に重ね置き、山形の屋根をつけている。倒れたら危ないので簡単な支え棒をしているが、火消人足などが蹴るだけで取れるようになっている。

水が過不足なく入っているかどうかは、朝夕の木戸番が開けるときに、火の用心で見廻る町火消も覗き込んで確認することになっている。しかも、毎日のことである。

「すぐに駆けつけて、娘を助けた町火消の者たちの話でも、今朝の明け六つには、三つの桶のすべてに水が入っていたというぞ」

そう説明する佐々木に、嵐山が答えた。

「てことは、その後に、何者かが天水桶をすり替えて、火薬を仕掛けた……」

「うむ。しかし、水が入った桶も吹っ飛んでいるってことは……そもそも、水があった所に火薬を入れても、湿って役に立たないはずだがな……」

「それに、こんな大きな物、入れ替えてたら、まだ人通りは少ないとはいえ、日本橋の魚市場だってすぐそこだ。色んな人が通るだろうから、目立ってしょうがねえです」

嵐山が首を傾げると、錦が訊き返した。

「下の二つには水が入ってたようですが、爆発したのは、上のひとつだけですよね」

「ああ、そうだが……それでも、入れ替えてたら、目立つだろう」

答えた佐々木に、錦は少し考えて、

「でも、こうすれば……」

と近くにあった天水桶を傾けて、中の水を側溝に流してから、その中に自分の手提げの薬箱を、桶の中に置いてみせた。

「これが爆弾だとして、箱にでも入れていたら、すぐには湿らない。これに、どうやったか、導火線を繋いで火を付けると……」

三人は同じように、導火線に炎が走って、桶の中の爆弾に引火して爆発するところを思い描いた。だが、すぐに佐々木は、蠟燭を吹き消す仕草をして反論した。

「無理だな、先生……そもそも火を付けることができまい」

「蠟燭を手にしていれば簡単なことですよ。この辺りの店や長屋なら、仏壇に蠟燭を点けて線香を上げてるでしょう」

「近くの誰かがやったってんですかい」

嵐山が訊くと、錦はそうではないと首を振りながら、

「蠟燭を借りることができるかもしれないし、煙管の火種だって用は足せますよ……佐々木様……爆発する直前に、この通りを歩いたり、路地を抜けたりした者を徹底して探した方がよさそうですね」

と言ったとき、番頭の志之助が血相を変えて飛んできた。

「た、大変です。旦那様が……旦那様が……」

その様子を見て、佐々木と嵐山がすぐさま『角屋』に行くと、旬右衛門はいつもとはまったくの別人のように激昂し、手当たり次第に店の物を投げつけながら、

「誰だ！ 佐奈をこんな目に遭わせたのは、何処のどいつだ！ あああ！ ぶっ殺してやる！ 地獄に堕としてやる！」

と猛獣のように大暴れしていた。

佐々木と嵐山はすぐさま、「落ち着け」と止めようとしたが、そのふたりすら突き飛ばして、佐奈をひしと抱きしめると、

「佐奈……目を開けてくれよ、佐奈……ああ、私はどうすればいいんだ……佐奈……！」

絶叫しながら泣き崩れた。

錦も来て、旬右衛門の痛ましい様子を見ていたが、

――なんとか心を癒してあげねば……でないと、何をしでかすか分からない。

と思い、残された者への配慮や世話も大変だと感じていた。

すると、佐奈の指先が微かに動いた。

旬右衛門が激しく抱きしめているせいかもしれないが、錦は佐奈に近づき、

「ちょっと診せて下さい」

と声をかけた。

だが、旬右衛門はやはり常軌を逸したように泣き叫んで、錦まで突き飛ばそうとした。錦はすぐさま反応して、旬右衛門の頬を平手打ちにした。

「どいて下さい！」

驚いて手を離す旬右衛門から、佐奈の体を抱きかかえた錦は、再び布団に寝かしてから、強めに脈を取り、胸を押さえて呼気を確かめた。すると、ほんのわずかだが反応があった。俄に表情が緊迫した錦は、

「――い、息を吹き返してます……旦那様ッ……あなたの声が届いたのかもしれませんね。何とかします。ええ、大丈夫です。何とかしますとも」

と自分に言い含めるように、もう駄目だと思っていた佐奈の体をさすりながら、口から息を吹き込み、手代たちには温めるための湯や着物を用意させるのだった。

二

錦は同じ効能を組み合わせる〝相須〟という調合方法で、桃仁や牡丹皮など、活血薬や理気薬を施して、心の臓と肺の動きを整えながら、顔や体に受けた多数の傷も手当てしていた。

佐奈は息を吹き返した。鼓動も弱々しいが動いている。

だが、翌日になっても、その翌日になっても、佐奈の意識は戻らなかった。時折、うなされるような声を洩らすことはあったが、仰向けのまま体を捩ることもなかった。

それでも、旬右衛門は目の前の眠ったままの娘の前で、懸命に看病を続けた。あまりにも凄惨な事態に、死んだと絶望したが、本当に神仏は万に一つの奇跡を起こしてくれたのかもしれないと感謝した。店の者たちもみんなで日中を通して手伝い、佐奈を見守るのであった。

そのような悲惨な事件があったから、改めて達者伺いに北町奉行所に出向いたときには、与力や同心たちの間でも、いつものようなふざけた態度は一切、なかった。

今日は主に内勤の役職の者を診ることになっている。それぞれの部署内で、仕事が滞らないよう分担して、錦に望診を受けるのだ。望診とは、顔色や瞼、眼孔、鼻腔や口蓋、舌などを診ることによって、体の悪い部分を判断する漢方の手法である。診察経験の蓄積がないと、細かいことや正確なことを判断できないが、錦は子供の頃から、父親の徳之助の横でずっと添うように、数々の患者を見ていた。そのことが、長崎で学んだ西洋医学よりも、役立っていると実感している。

西洋医学つまり蘭学は、見立てた結果に応じて、疾患のひとつひとつに対処する。しかし、漢方は全体を包むように観察し、〝気血水〟を整えることで、病にならないよう事前に施術するのである。

与力や同心たちを診ている間に、ふと父親の姿を思い出し、同時に先刻の旬右衛門と佐奈のことが脳裏に過ぎった。その昔、自分に降りかかったちょっとした事件が蘇ったからである。

元々弱かった脾臓が悪化したのに加え、流行病が重なったことで、死んでしまった患者がいた。まだ三十路前の女だったから、「死ぬはずがない！」と、亭主が徳之助を逆恨みして、刃物で刺そうとしたのだ。

だが、徳之助は剣術や柔術にも優れていたから、相手を難なく倒して、どうしようもないことだと説教をした。それでも納得できない亭主は、

「だったら、てめえの大切な奴を同じ目に遭わせてやらあッ」

と逆上して、錦を待ち伏せして刺し殺そうとした。

まだ十二歳くらいの頃だった。錦は危ういところで難を逃れることができたが、少しばかり怪我をしてしまった。

徳之助は冷静に立ち振る舞うかと思ったが、

「娘は関わりない。貴様、何をしやがるのだ！」

と、それこそ憤怒の形相で、亭主を罵ってボコボコに殴り倒したのだ。自分の娘が危難に陥ったら、あの冷静な父親ですら見境がなくなるのかと、逆に錦の方が驚いたくらいであった。

幸い錦は大した怪我ではなく、亭主も本当は真面目な小心者だったので、軽微な罪で済んだ。が、一歩間違えば、亭主は人殺しになっていたのだ。親兄弟や女房子供が病で亡くなったとき、その〝理不尽〟さに心が乱れることを、錦は目の当たり

にしたのだ。

ましてや、殺されたりしたら、仇討ちをしたくなるのは、当然であろう。

——殺された……。

という言葉が、錦の脳裏に浮かんだとき、

「先生……錦先生……どうしたんです」

声がかかって、錦は我に返った。目の前には、市中取締諸色調掛りの内田がおり、さらにその後ろには御出座御帳御用掛りの宇都宮（うつのみや）や例繰方（れいくりかた）の近藤（こんどう）らが控えていた。

「殺された……とか、物騒なことを呟いてやしたが、大丈夫ですか」

内田が錦の前に手をかざして、振って見せた。

「あら……私の方が望診されてますね」

気を取り直したように背筋を伸ばす錦に、内田は辛そうな顔で、

「ずっと右胸がヒリヒリと痛くてね……薬を飲んでも、軟膏を塗っても治らないんです。きっと、仕事がきつくて、またぞろ神経痛の類かもしれませんが、なんとかならんもんでしょうかね」

と言った。

「今、生死を彷徨っている人もいるんです。それくらい、なんですか」

「えっ……」

内田は驚いたものの、『角屋』の事件のことだなと察した。錦の方も、未だに意識が戻らない佐奈の顔を思い浮かべており、

「痛いのは気のせいってこともあります。忙しいのではなく、暇で無聊を決め込んでいるから、あちこちが気になるのです。大工さんなんか見てご覧なさい。金槌で指を叩いても、うんともすんとも言いませんよ」

と、つい強い口調になった。

「特に内田さんは文句が多いのです」

錦のあんまりの言葉に、内田は一瞬、声を失っていたが、

「先生……いつも言ってるじゃないですか。どんな小さな痛みでも教えてねって。それが何か大きな病の兆候かもしれないから、馬鹿にしないでねって」

と救いを求めるような目になった。

「え、ああ……そうでしたね。ごめんなさい。どうかしてましたね」

冷静沈着な錦にしては、軽率な言動であったと反省して、すぐに謝った。だが、

謝られても、逆に気持ちが悪いと内田は言った。

「先生は毅然としていて下さい。だからこそ、〝はちきん先生〟なんですから」

「……」

「あっ。そういう意味ではありませぬ」

すぐに内田は誤魔化してから、「そういえば」と話を変えた。

「越智義三郎という同心を知ってますか。以前は、うちで定町廻りをしていたのですが、今は南町奉行所に移って、門前廻り同心をしてるんですがね」

月番の老中や若年寄の屋敷では、大名や旗本の供侍や中間らが大勢集まり、駕籠も並んで、門前が混雑する。門前廻りとは、いわば、その交通整理をする同心である。

「そいつも、ある事件で……息子を亡くしているんですよ。『角屋』のことで、思い出したんです。だから、奴も自分を見失って取り乱して、一時は荒れた暮らしになり、年番方与力から出仕を止められていました」

「その人は存じ上げませんが、そんなことが……」

「もう七、八年も前になるけれど……その頃、息子はまだ元服前でしたからね。でも、いずれ見習い同心になるからって、事件の現場に同行させたりしていたんです」

「父親と一緒にいたということですか」

「ええ。かなり出来の良い、自慢の息子でしたがね、ある事件に向かったとき……巻き込まれて、相手に斬り殺されたんですよ……だから、越智さんは自分を責め続けた」

「……」

「俺にも息子と娘がいるから、『角屋』の主人が娘を失いかけて辛い気持ちは、痛いほど分かる。しかも、目の前で襲われたとなれば、なんとも言えない……」

「襲われた……」

錦が首を傾げると、内田は当然だという顔つきになって、

「だって、火薬の爆発でしょ。たまさかのこととは思えない。誰でも良かったならば、もっと繁華な所で、人が大勢のときにやるんじゃないかな。なぜ、その場で、その刻限に起こしたのかって、誰だってそう思いますよ」

「その場で、その刻限……」

「俺は、日がな一日、商家を廻ってますからね、なんとなく分かるんだが、商人てのは毎日毎日、ほとんど同じ刻限、同じ所に姿を現すんですよ。おまえたち舞台の役者かって思うくらい、キチンと段取りを踏んで」

「……」

「だから、『角屋』の娘さんは、誰かに狙われたのかもしれないな」

内田のその言葉に、錦はまた、自分が父の診察の逆恨みで刺されそうになったことを思い出した。もし、内田が勘づいたとおり、佐奈を狙ったとしたら、『角屋』の場合も、主人の旬右衛門への意趣返しか何かで、娘が狙われたとも考えられる。いや、その方が自然だと思った。まだ十五、六の娘が人に恨まれることなど、ほとんどないと思うし、錦も知っているとおり、誰にも好かれるような可愛い娘である。

「――ということは、旬右衛門さんの仕事絡みのことを調べた方がよさそうですね」

錦が呟くと、内田が「え？」と首を傾げた。

「市中取締諸色調掛りの内田さんなら、『角屋』の様子もよく知っているんじゃありませんか?」

「ええ、まあ……」

「ちょっと手伝ってくれませんか。佐々木様たちもそうでしょうけれど、私、どうしても、あんな酷いことをした者を捕らえて、懲らしめたいんです」

「先生の手伝いなら、もちろんガッテン承知の助です。お任せ下さい」

ポンと胸を叩いた内田を見て、錦は「ほらね」と頷いた。

「他に意識が向かうと、痛いと言ってた胸をそんなに強く叩くじゃないですか」

「あっ……」

「とにかく、お願いしますね」

錦の熱いまなざしに見つめられただけで、内田はもう嬉しくて舞い上がりそうだった。

三

その日も、錦は『角屋』まで出向いて、佐奈の容態を診た。相変わらず意識は戻っていなかったが、息遣いや血の流れは安定しているようだった。

顔や腕などについた傷も瘡蓋がしっかりとできつつあった。喉の辺りに刺さっていた破片や釘は運良く、気道や血脈をあまり傷つけていなかったから、顔色も元に戻っていた。しかし、やはり心的な衝撃が大きかったのか、あるいは錦にも気づかない頭を打った障害があるのか、予断は許されなかった。

店の者たちが交替で、付きっきりで佐奈の様子を見ており、何か異変があれば、すぐに呼びに来るよう錦は伝えてある。

今日は、旬右衛門の姿が見えなかったが、番頭の志之助の話では、どうしても外せない集まりがあって出かけたという。娘がこのような状況にあれば、一刻でも離れたくないはずだが、店を閉めるわけにもいかず、心を鬼にして働いているのだろうと、錦は慮った。

「運が悪ければ、お内儀と同じ命日になっていましたからね……きっと母親が守ってくれたんだと思います」

志之助もかなりの年配で、自分にも子供がふたりいるというから、旬右衛門の心の裡を考えると胸が痛むと話した。

「こういう事態でも、お客様が来て下さるのは、却って励みになります。お客様の方も下手に遠慮するのでなく、色々とお気遣い下さって、元気になるよう言葉をかけて下さる。本当に有り難いことです」

番頭らしい心遣いで、志之助は正直な気持ちを述べた。

「私もなんとしてでも、佐奈ちゃんを元通りにするよう頑張りたいと思います。ですから、声をかけてあげて下さいね。意識が戻れば、必ず瞼とかが動きますから」

「ええ。ずっと付きっきりで看病してます」

「ところで……」

錦は言いにくそうに尋ねた。

「この『角屋』は看板を掲げてから十年余りになるらしいですが、それ以前は、旬右衛門さんは何をなさっていたのですか」

「聞いた話では、上方で海産物を扱う問屋で働いていたそうです」

「番頭さんはずっと一緒ではなかったのですか」

「いえ、私は日本橋にある『鉦正(かねしょう)』という半鐘とか仏壇の鉦とか、大工道具の金具とか金物を扱う問屋にいたのですが、主人がこの店を出した頃に、たまたま気に入られて番頭として入ったんです」

「そうでしたか……まったく違う商売なのに大変でしたね」

「たしかに勝手は違いましたが、主人が昔扱っていた海産物にしても小間物にしても、人びとに必要なものですからね。物を仕入れて売るということに大差ありません。要は、お客様を見つけて、どうやって常連になって貰うかなんです」

「なるほど」

「そういう意味では、徹底した安売りは、主人の先見の明があったと思いますよ」

「ですね。みんな助かってます」

「この店を始めた頃は、まだ佐奈さんが五つで、可愛らしい盛りですから、お内儀もすくすく育つのを楽しみにしてたのですが……病には勝てませんでした」

佐奈が十歳になる前に、母親のお由利は亡くなったらしいが、悲嘆に暮れる旬右衛門を励ましていたのは、むしろ佐奈の方だったという。その姿がいじらしくて、志之助も貰い涙の毎日だったと話した。

「それくらい父と娘の絆は強いです。あのとき、主人が人が変わったみたいに大暴れしましたが、その気持ちはよく分かります」

志之助が思い出したように目頭を押さえると、錦は先程、言い淀んだことを訊いた。

「旬右衛門さんに恨みを持っている人はいますか……あ、いえ。そういう人だとは思っておりません。ですが、思わぬところで逆恨みされていることもありますから」

「そんなことは……」

絶対にないと、志之助は断じたが、錦はいつもの冷静な顔つきで、

「気を悪くなさらないで下さいね。私たち医師も見立て違いなどで、知らぬところで恨まれることはあるんです」

「……」

「番頭さんだから、店の中のことはもちろん、商売上の揉め事などもすべて把握していると思います。小さなことでいいんです。何か気づいたことがあったら、私でも佐々木様でも構いませんから、教えて下さい。それが事件解決の糸口になるかもしれませんので」

「事件解決って……」

志之助は不安が込み上げてきて、

「まるで、うちの主人のせいで、佐奈さんが狙われた……とでも言いたげですね」

「まったく否定はできません。医者は、小さな病根を探して、取り返しのつかない病にならないよう気をつけています。それと同じようなものなのです」

「そう言われましても……」

心当たりなどないと言いたげな志之助だったが、もし何か思い当たることがあったら報せると心許なげに言うだけだった。

その頃——。

旬右衛門は、鉄砲洲に構えている、とある商家の蔵に来ていた。この辺りは、沖合に停泊している五百石船から艀(はしけ)によって、諸国からの船荷が揚げられる湊である。ゆえに大きな蔵が、ずらりと並んでいた。

ガランとした薄暗い蔵の真ん中に、旬右衛門は酒樽を腰掛けにして座っていた。

その周りには、商人や職人、人足風の者たちが、数人、神妙な顔で立っている。女もひとりいる。いずれも見ようによっては、ならず者のようにいかつい顔ばかりで、立ち居振る舞いも決して、上品な様子ではなかった。

「どうなんだ……心当たりはないのか」

旬右衛門は少し苛ついた口調で、取り巻き連中を見廻した。誰もが神妙な表情で、旬右衛門のことを見ていた。

「おまえたちも知ってのとおり、佐奈が酷い目に遭った。九死に一生を得たが、まだ目覚めない。もしかしたら、このまま死んでしまうかもしれない」

旬右衛門はぐっと涙を堪えて、今一度、ひとりひとりを見つめながら、

「親の因果が子に報い……てやつかもしれないが、理由はどうであれ、俺はあんな真似をした奴を許せない」

と眉間に深い皺を寄せた。言葉遣いも、いつもの旬右衛門とはまったく違っており、まるで、やくざの親分か何かのようだった。

周りにいる者たちも、佐奈については深く同情をしていたが、どう答えてよいか分からない様子だった。その中で、最も商人らしい風貌の男が、静かに声をかけた。

「——本当に、佐奈さんを狙ってのことなんでしょうか」

「それ以外に何が考えられる。町方だって、そう睨んでるだろうよ。爆弾を仕掛け

て、誰でもいいから人を脅かしたり傷つけたりしたいなら、日本橋のど真ん中でやるはずだ」

「たしかに、そうかもしれませんが、親方ではなくて、わざわざ娘さんの方を狙うってのは、どう考えても……」

旬右衛門のことを〝親方〟という物言いが、この仲間たちには当然のようだった。

「権八……俺を狙ってもよかったのかもしれないがな。それなら、店の中に仕掛けてもよさそうなものだ。やった奴は、わざわざ、あの天水桶に仕掛けたんだ。佐奈が茶の稽古に行くことも知ってたに違いない」

「しかし、何のために佐奈さんを……」

「俺を苦しめるためだよ」

断言するように言う旬右衛門に、職人風の男が声をかけた。

「親方は、誰がやったか概ね、見当がついているような口振りでやすね」

「ああ、佐吉……おまえも苦労したから、勘が良くなったな」

「いいえ、俺なんざ未だに、扇子や団扇などを作る小間物職人でさ」

「おまえの作ったもののお陰で、うちも繁盛している」

「とんでもねえ。こっちが世話になってやす」

佐吉は軽く頭を下げてから、

「見当をつけた奴ってのは誰なんです。それを俺たちに探れってことでしょ、親方」

「ああ。できれば、そうして貰いたい。俺ひとりじゃ、動きにくいのでな」

旬右衛門は酒樽に乗せた腰を少し浮かせて、声を低めた。

「俺が疑っているのは……岩倉の文蔵、風祭の次郎吉、イタチの半兵衛。この三人だ」

名前を聞いて、権八や佐吉たちは、顔を見合わせて驚いた。

「い、いずれもヤバい盗賊一味の頭領じゃありやせんか」

若い人足風の男が思わず声を発した。その顔をジロリと見て、

「十郎太……おまえは、岩倉の文蔵に世話になっていたことがあるよな」

と訊いた。

「はい。そのとおりです。あ、まさか、親方俺のことを……」

「みじんも疑ったりしていないよ。だが、岩倉の文蔵に限らず、今言った連中は、

俺にかなり恨みを抱いているはずだ」

「ええ……」

「何度も、俺たちが火事場泥棒ならぬ、〝作業場荒し〟を繰り返したからな」

作業場荒しとは、他の盗っ人が目をつけて盗もうとしたものを、横取りするような手口である。盗っ人仲間でも、卑怯者として非難されるほどだった。だが、盗っ人に正々堂々も卑怯もない。盗んだもの勝ちである。

「だから、こいつらは俺を殺したいほど憎んでいるに違いない」

「へえ……」

「しかも、俺たちはすっかり足を洗って、まっとうな……まっとうといえるかどうかは分からないが、商人や職人になってる。憎々しく思って当然だろうよ」

旬右衛門の方が歯痒そうに言うと、物売り風の寛助も腹が立った顔になって、

「だとしたら、『角屋』の蔵から金を奪った方が手っ取り早いんじゃないですかね。わざわざ爆弾なんかで……」

「だから、俺を苦しめたいんだろうよ。これで騒ぎになったら、俺の昔のことがバレるかもしれない。そしたら、『角屋』なんて潰れてしまうだろう。それだけじゃ

ない……おまえたちだって、巻き添えを食うことになる」

その前に、娘の命を狙った奴をぶっ殺す、と旬右衛門は言った。すると、女商人風が凛とした声をかけた。

「――私たちのことはいいよ、親方……本当に私たちは、親方の世話になったからこそ、一人前に暮らしていけてる。そして、今でもこうして商いを通じて繋がってる」

「有り難いことを言ってくれるじゃないか、お峰……」

「私は探してみますよ。誰がやったか……恨みを抱いているのは、親方が言った三人だけじゃないかもしれないしね」

お峰が大きく頷くと、他の男たちも当然のように、お互い手を握り合って、

「やろうぜ。親方のためだ。見つけ出して、俺たちが葬ってやる」

と物騒な言葉を吐いた。

蒼然とした蔵の中だが、怪しげな雰囲気で満ちていた。

表の通りは荷車や艀が発着しており、大勢の商人や人足が溢れんばかりに働いている。佐奈という娘が苦しんでいることなど、誰ひとり知らずに、活気に満ち溢れ

ていた。

四

四つ辻にある『角屋』の前には、今日も無数の人びとが往来している。暖簾を分けて、店の中から、佐々木と嵐山が出てくると、すぐ目の前に、町方同心姿の男が立っていた。

すぐに佐々木は、南町の越智義三郎だと分かって、声をかけた。

「これは珍しいじゃないですか、越智さん」

「おう、佐々木。しばらく会わないうちに、随分と立派になったな」

「世辞はいいですよ。どうせ南町でも悪口ばかり言われてるんでしょうから」

「まあな。相変わらず、強引な遣り口ばかりだとな」

「昔の越智さんには到底、敵いませんよ」

「減らず口も同じだな、はは」

「それより、大名行列でも通るのですか。門前廻りの越智さんがいるってことは

「いや、そうではない。この『角屋』のことを聞いてな……拝んでいたのだ」

越智は合掌をしてみせた。佐々木は手を振りながら、

「いやいや。誰も死んでませんから」

「そうなのか。俺はてっきり……」

「爆弾の一件のことでしょ。主人も佐奈さんも日頃の行いがいいから、神仏が守ってくれたんだろう。俺もそう思いますよ。あれだけの爆破でしたからね」

と言ってから、佐々木は申し訳なさそうな顔になって、

「――そういえば、越智さんも……あのままご子息の英太郎さんが元気だったら、今頃は俺たちと一緒に探索していたに違いない」

「……」

「誰もが認める文武に秀でたご子息だったから、さぞや活躍していたでしょう」

「そうかな……」

寂しそうな目になる越智に、思わず佐々木は気遣うように、

「思い出させまして、相済みません……『角屋』の主人の落胆振りも、見ているこ

っちの方が心苦しくなります」

「そうであろうな……で、爆弾を仕掛けた奴の目星はついたのかい」

越智は定町廻りのときのような目つきになった。佐々木はそれを察して、まるで部下の同心のように答えた。

「いえ、それがまったく……誰でも良かったと遊び心でやった奴か、主人の旬右衛門に恨みでもある奴がやったかと、奉行所内でも見方が分かれてます」

「恨み、な……おまえはどう考えてるのだ」

興味深げに越智が訊くと、佐々木は素直に返した。

「俺は……商売上の恨みがあって、主人に嫌がらせをしたと睨んでます」

「嫌がらせ……」

「本人の努力があったとはいえ、余所から来た新参者が、この京橋の一等地、しかも角地で、大きな店を出して成り上がったのだから、嫉妬をする奴もいるでしょう」

「うむ……」

「だからって、娘には関わりのないことだ。俺は絶対に許せませんよ」

「娘には関わりない……」

「そうではありませんか。越智さんだって、関わりのないご子息が……」

「いや。あれは俺が危ない捕り物に同行させたのが間違いだった。俺のせいだ」

自虐的に越智が言うので、佐々木は恐縮した顔になって、

「――ご子息のことについても、未だに永尋（ながたずね）で調べております。俺たちも諦めないで、調べますので」

「古い話だ……倅ももう騒がれたくないだろう。それより……『角屋』のことは、きちんと調べ直した方がよさそうだな」

「調べ直す……？」

「裏渡世……なかんずく盗っ人稼業の者たちと繋がってるという噂もある」

「えっ……」

「あくまでも噂だがな……すまん。俺の悪い癖だ。門前廻りのくせにな」

越智は苦笑すると、嵐山にも軽く挨拶をして立ち去った。見送る嵐山の目が妙な塩梅で揺らめいた。その視線に気づいて、

「どうした。何か気がかりでもあるのか」

と訝しげに、佐々木が訊いた。

「いえ……越智の旦那は、誰から佐奈が死んだと聞いたのかなと思って」

「えっ……？」

「爆弾の事件は読売でも、九死に一生を得たと書いてたし、奉行所の者なら知ってると思いやしてね」

そう言えば、佐々木と話していて、とっさに手を合わせたような気もした。しかも、死んでないと聞いて、「よかったな」と安堵する言葉もなかった。だが、英太郎の一件を思い出して動揺したのだろうと、佐々木は察して、

「倅ももう騒がれたくないだろう、なんて言ってたが、やはり心の奥底では、ずっと下手人を探し続けているのだろうな」

と嵐山に言うのだった。

権八と十郎太が、谷中富士見坂に姿を現したのは、晴れ渡る青空が広がる昼下がりだった。旬右衛門と鉄砲洲の蔵で会ってから、三日ほど後のことである。

緩やかな坂には、茶店や団子屋、飲み屋や小間物屋などが並んでおり、遥か遠く

には地名通り、富士山がくっきりと見えていた。

坂を登り切ったところに、ちょっとした料理屋があって、正式な屋号はないが誰ともなく『富士見茶屋』と呼んでいた。

襷がけに前掛けをした四十絡みの年増が女将だが、昔はかなりの美人だった風貌である。女将を目当てに来る大店の主人も、結構いるという。この辺りには、日本橋や京橋、神田辺りに店を構えている商人の寮も多いからである。

権八と十郎太がぶらりと『富士見茶屋』に入ったとき、「いらっしゃい……」と言いかけた口を閉ざした。明らかに十郎太の顔を知っている様子だった。

「おりょうさん、ご無沙汰しております」

十郎太が声をかけると、おりょうと呼ばれた女将は迷惑そうな顔で、

「どちら様でしたかねえ……」

「あっしです。十郎太です。おりょうさんのお世話になってた頃には、まだ十四、五のガキだったんで、ちょいと背も伸びやしたでしょ。無精髭も濃くなって、毎朝、剃るのが面倒でやす」

「──とにかく、もう店を開ける刻限だから、何か話があるなら、改めて来ておく

れ。というか……何も話すことはないよ」

「岩倉の文蔵親分のことを知りたいです。何処で何をしているのか」

盗っ人の頭領の名を聞いて、おりょうはジロリと十郎太を睨みつけた後で、権八の方に訝しげに目を向けて、

「そちらさんは……」

「私は、神田佐久間町で『と金屋』という両替商をしている権八という者です。両替商といっても、佐久間町は職人の町ですから、職人や物売り相手の〝一日貸し〟がほとんどの、しがない金貸しです」

「うちは借金はしないのが信条でね」

「そりゃそうでしょ。たんまりあるはずですから」

いきなり権八は核心に触れるかのように、おりょうに向かって、

「裏渡世のことですがね、この際、こっちも身の上をハッキリさせて話しますが、岩倉の文蔵親分とは〝同業者〟だった者です。この十郎太を救ったのは、うちの親方です……そう言えば、分かりますよね」

「さあ……」

「岩倉の親分は、人殺しまではせずとも、時に乱暴な手口を使って、生涯に亘って不自由な体にした相手が何人もいました。それが、十郎太には耐えられなかったんです」

「……」

「それに比べて、うちの親方は『盗みはすれども非道はせず』に徹してましたから」

「ふん。人の〝獲物〟を横取りするのは、盗っ人の風上に置けない奴さね」

思わず口をついて出たおりょうに、権八は追い打ちをかけるように、

「だから、殺そうとしたんですかい。『角屋』の娘を」

「ええ……？」

「惚けても無駄ですよ。今の一言で、こっちは確信しました。別に俺たちが、どうのこうのはしません。スッ堅気になっておりますからね。岩倉の親分に、『角屋』の娘を爆死させようとしたと、お上に名乗り出てくれるよう、女将さんから頼んで下さい」

「……」

「できないなら、私が話をつけます」

権八が覚悟を決めたように言うと、おりょうはふたりを店の奥に案内して、

「——何があったか知らないけれどね、うちの人は関わりないよ」

「あくまでも知らぬ存ぜぬを通すのなら、こっちにも考えがありますよ」

「脅したって無駄だよ。文蔵なら、一昨年、肝の臓をやられて死んじまったからね」

「えッ。嘘はためになりませんよ」

「なんなら看取った医者や葬った坊主に聞いてみりゃいい。二階の仏壇には、位牌もあるから、拝んでいくかい」

おりょうは疲れ切ったように座り込んで、

「何処でどうやって、この店のことを調べて来たのか知らないけれど……ま、蛇の道は蛇ってことで、あえて聞かないけどね、文蔵が死んだのは本当だよ。手下たちも、バラバラになったから、分からないねえ」

「……」

「その『角屋』の娘ってのは、なんなんだい。あ、そうか……十郎太が世話になっ

たってことは、今評判の『角屋』ってのは、もしかして、あの……」

権八も十郎太も答えなかったが、おりょうはそう察して苦笑しながら、

「そうだったのかい……うちの人は気づいてもいなかったよ。もし知ってたら、たかりに行っただろうにねえ……はは、うまいことやりやがったねえ」

「けど、この店も繁盛しているようだし、あんたも、上手く世渡りしたってことだ。こっちも、歩から成り上がって『と金』ですからね。困ったらいつでも相談に乗りますよ」

訪ねて来たのは無駄ではなかったが、最も旬右衛門が怪しいと睨んでいた岩倉文蔵が死んでいたとなると、後は風祭の次郎吉かイタチの半兵衛ということになる。だが、お峰が言っていたように、その他にいくらでも旬右衛門に恨みを持っている昔の〝同業者〟はいるであろう。

権八と十郎太は深い溜息をついて、料理屋を出た。相変わらず空は真っ青で、富士山も見えている。人の薄汚れた暮らしなど、関わりのないことだとでも言いたげな美しさだった。

五

事件から十日余り経ったが、佐奈の様子はほとんど変わらなかった。

店の者が水を飲まし、漢方薬を与えているものの、自分では食事を取れないから、そろそろ限界かもしれなかった。

娘の憐れな姿を目の前にして、旬右衛門は意気消沈しているどころか、こんな酷いことをした奴を恨んでいるのであろう、日に日に表情が険しくなってきていた。

「まだ誰がやったか分からないのか……ちくしょう。こうなったら手当たり次第……」

と独り言を言ったとき、背後から、

「何を手当たり次第なんですか」

と声がかかった。振り返ると、錦がそこに立っていた。

「番頭さんに案内されて、声をかけたのですが……」

「あ、先生……やっぱり、佐奈は駄目なんですかね。物も食べられないのでは、いずれ衰弱して……薬だけでは如何ともしがたいのではありませんか」

「諦めないで下さい。生きたいという佐奈さんの意志があるからこそ、こうして息をして血が巡っているのです」

「しかし……」

「大丈夫です。補中益気湯(ほちゅうえっきとう)や加味逍遥散(かみしょうようさん)、人参養栄湯(にんじんようえいとう)などを合わせてますから、いずれも体内の熱量や滋養を高めるものです……半ば無理にでも飲ませると、しぜんと嚥下してます。だから、きっと良くなります」

虚弱体質や老化による内臓の機能低下なども改善する薬だが、旬右衛門にはもっと〝魔術〟のように効くものがないかと、不満そうな声を洩らしてから、

「このままでは、私だって、どうかしてしまいそうだ。こんな目に遭わせた奴を……」

と言いかけたが、言葉を飲んだ。

「恨みたくなる気持ちは分かります。でも、佐奈ちゃんはどう思っているでしょう。仕返しをするでしょうか」

「……」

「それよりも、佐奈ちゃん自身が一刻も早く良くなるように……」

「分かってますよ。そんなことはッ」

旬右衛門は少しばかり強い語気になって、錦に言った。

「町方の旦那たちの探索も進まない、佐奈の容態も良くならない。こうしているうちにも、やった奴は何処か遠くに逃げるかもしれない……そんなに恨みがあるなら、この私を狙えばいいんだ。なんで、娘にッ……」

拳を握りしめて膝を叩く旬右衛門を見て、錦は優しく声をかけた。

「誰かに恨まれているのですか」

「えっ……」

「佐々木様も話していましたから。あなたに恨みを持つ者が、代わりに娘を酷い目に遭わせて困らせてやろうと目論んだのかもしれないって……心当たりが？」

「ない——」

「だったら、どうして、そんなことを思うのですか」

「先生……あんた、私に何を訊きたいんだ。娘がこんな目に遭ったら、誰かを恨みたくなる気持ちくらい出てくる。でもね、私は人に恨まれるようなことは、一切してない。あるとしたら、謂われのない妬みだ」

キッパリと言って、旬右衛門は立ち上がると、錦を見下ろして、

「先生が毎日毎日、こうして来てくれるのは有り難いが……佐奈がこのままでは、どうしようもないじゃないですか」

「私は佐奈さんのためだけに診に来ているのではありません。ご主人のためです」

「……」

「我が子がこんなことになって、取り乱すのは親の方です。佐奈さんは落ち着いてます。何をしでかすか分からない、あなたのことの方が心配なのです」

「何をしでかすか……ですって」

「はい。人は絶望すると何をするか分かりません。快復の見込みがない大切な人と心中を図った人もいます。恨みが深くなって、間違った人を殺した人もいます」

錦はじっと旬右衛門を見上げて、

「佐奈さんのためにも、決して早まった真似はしないで下さい」

と、まるで何もかも見抜いているかのように訴えた。

思わず目を逸らした旬右衛門が、それでも気持ちが昂ぶったまま立ち去ろうとし

たとき、「あっ」と錦が声を上げた。振り返った旬右衛門に、錦は手招きして、

「ご覧下さい……佐奈ちゃんの瞼が動いてます……ほら、唇も色づいて、少し開けてます……何か話そうとしてます」

と言ってから、懸命に手足のツボを押さえながら、意識をハッキリさせようと必死に体をさすった。少しずつだが、佐奈の顔が色づいてきているような気がする。

その様子を見て、旬右衛門も側に座り込むと、

「佐奈。お父っつぁんだと、分かるか。なあ、佐奈……お父っつぁんだ。なあ、返事をしてくれ、佐奈……佐奈！」

懸命に声をかけた。

すると、ほんのわずかだが薄目になり、かすかに頷くような仕草をしたように見えた。佐奈はきっと話が聞こえていたに違いない。錦はできる限り声をかけながら、眠らないように気付け薬も飲ませるのであった。

まだ微細ではあるが、表情が現れたことに、錦は明るい光を見た気がした。

その頃——。

旬右衛門のために動いていた佐吉と寛助は、荒川の土手を走っていた。亀戸七福神のひとつ、寿老人を祀っている常光寺の裏手辺りである。本尊の阿弥陀如来の目が、格子窓越しに見ているようだった。

佐吉と寛助の先には、細身の男が突っ走って逃げている。かなり足には自信があるのであろう。振り返ることもなく、どんどんふたりを引き離していく。

だが、佐吉が小さな弓を引いて、短い矢を放つと、シュッと音を立てて、前方の男の背中に命中した。

「うわっ――！」

激しく転倒して、土手に転がり落ちた男は、それでも懸命に立ちあがって逃げようとしたが、背中の痛みに膝から崩れてしまった。あっという間に追いついた佐吉と寛助は、抗おうとする男の顔を殴り飛ばして、

「次郎吉だな。風祭の次郎吉ッ……てめえ、何の恨みがあって、旬右衛門さんの娘を殺そうとしたんだ、ええ！」

「し、旬右衛門……誰だよ、そりゃ」

喘ぐように訊き返す次郎吉は、佐吉と寛助を見て、震え上がった。いずれも、な

らず者にしか見えないからである。それに比べて次郎吉の方は、商家の手代にしか見えない。

「だったら、なんで逃げやがったんだ」

佐吉がさらに殴ると、次郎吉は悲鳴を上げて、

「――お、岡っ引だと思ったからだ……やめろ。殴るのはやめてくれ」

と頭を抱え込んだ。

佐吉が背中の矢をグイッと引き抜くと、血が流れ出た。次郎吉は「痛い、痛い」と騒いだが、佐吉はもう一発食らわして、

「岡っ引から逃げるってことは、てめえがやらかしたからだろうが。なあ、次郎吉。どの道、捕まりゃ、人殺しか盗っ人かの違いだけで、刑場に晒されるのは同じだ」

「や、やめろ……おまえたちは、一体、誰なんだ……」

「鬼夜叉(おにやしゃ)の孫六(まごろく)といえば分かるだろう」

「えっ……まさか、おまえたち……鬼夜叉の孫六一党の者なのか……」

引き攣るような声を洩らしながら、次郎吉は拝むように土下座をした。何度も何度も、頭を下げながら、

「随分と昔のことですが、その節は失礼致しやした。でも、町方同心に報せたのは俺じゃねえ。イタチの半兵衛さんでさ。本当に本当だ。俺じゃねえ」

と謝ると、寛助の方が首を傾げた。

「――何の話だ、次郎吉さんよ」

「えっ……」

キョトンと見上げる次郎吉の顔は、今、殴られたばかりのところが俄に腫れ上がって、間抜けに見えた。

「え、じゃねえよ。町方同心に報せたってのは、どういうことだい」

「いや……」

何かまずいことを言ったと思い直したのか、次郎吉は口を閉ざした。

「おまえが仕掛けた爆弾で、人がひとり死にかかってんだ」

「爆弾……？」

「よくよく考えてみりゃ、おまえなら造作ねえと思ってな。なにしろ、錠前破りをするときにゃ、火薬を仕込んで爆破させてたもんな。天水桶を爆発させるなんざ、それこそ朝飯まえだろう……だから、こちとら探し廻ってたんだよ」

「な、何の話だい……」

　お互い何か勘違いをしているようだったが、急に怯えた表情で震え始める次郎吉に、佐吉の方がまた一発殴って、

「おまえたちは、盗もうとした金を鬼夜叉に横取りされて、いつもはらわたが煮えくり返ってた。そりゃそうだよな……商家の蔵から、ようやく盗み出して、これから逃げようってときに、俺たちに奪われるんだからよ」

「……」

「だから、俺たちが別件で押し込もうとしたとき、おまえが町方に報せて、捕まえさせようとしたんじゃねえのか」

　と今度は、寛助が詰め寄った。

「どうなんだ、ええ！　だが、その話はもういい。おまえと違って、こちとら足を洗ってるんだ。なのに恨みがましく、狙ってくるとは、随分としつこいじゃねえか」

「し、知らねえ……何の話だ……」

「てめえが爆弾を仕掛けて『角屋』の娘を殺そうとしたんだろうが！　吐きやが

れ！」

容赦しないとばかりに、佐吉と寛助はふたりで、もっと強烈に殴り続けた。

「ち、違う……同心に報せたのは俺じゃねえ……イタチの半兵衛だ……お、俺も少しは世話になったことがあるから……だ、黙っていたが……本当だ。俺は何も知らねえ……」

必死に訴えながらも、次郎吉は気を失った。

「どうせ、こいつは今でも盗みを働いているんだろう。佐奈さんとは関わりなくても、潮時かもしれねえな」

佐吉が言うと、寛助も仕方がないというふうに頷いて、

「恨むなら、てめえのやらかしてきたことを恨めよ。いつぞや足を洗えるよう、一度は俺たちも機会を与えたんだからよ」

と吐き捨てるように言った。

その日のうちに、次郎吉は土手道の木に、縄で縛られたまま放置されているのを、川舟の船頭が見つけた。そこには、

『私は風祭の次郎吉という盗っ人です。どうか、町奉行所に報せて下さい』

と木札も立てられていた。

六

ゆったりと湯船に浸かっている体軀の良い男に、襦袢を着ただけの湯女が近づいてきた。湯屋は〝ざくろ口〟しか開いてないので、薄暗いから、顔はよく見えない。

「お兄さん。背中を流しますよ」

程良く艶っぽい蓮っ葉な声に、男は刀傷のある顔をザバッと湯で洗ってから、おもむろに振り返った。日焼けした顔は、いかにも図太そうな面構えで、太い腕や張りのある胸板は、幾多の修羅場を潜ってきたことを物語っていた。

以前は混浴や湯女がいるのが当たり前だったが、当世は風紀が乱れるとやらで、禁止されている。だが、お上に隠れてやっている湯屋もあるし、二階では出してはならない決まりの酒を飲む所もある。

「ねえ……お上は窮屈なことばかり強いて、自分たちは勝手気儘に楽しんでるんだから、私ら庶民は真面目に働くだけ働いて、なんだか馬鹿みたいだねえ」

この湯屋は、いかにも怪しげな湯女が何人かいて、客の体を洗ってから、別室で売春もさせている。

「――新入りかい。見かけねえ顔だが」

「はい。まだ入り立てです。どうぞ、宜しくお引き立てのほどを」

背中を流しながら、甘ったるい声をかけるのは、お峰であった。

「随分と立派な体つきですこと。お仕事は何をなさってるんですか。こんなに凄いんだから、力仕事ですわよねえ」

「俺の仕事より、姉さんこそ、なんでこんなことを」

「それを湯女に訊く方が野暮ってもんですよ。イタチの半兵衛さん」

「⁉――なんだとッ」

思わず立ちあがろうとした男は、イタチの半兵衛。かつて、鬼夜叉の孫六と競い合っていた盗っ人の頭領である。

「動かないで下さいまし。喉がカッ切られてしまいますよ。ついでに、あっちの方も」

半兵衛の喉元には、刃物が突きつけられていた。

「……誰でえ」

「あなたですよね。『角屋』の娘さんを殺そうとしたのは」

「なんだと……」

「主人の旬右衛門さんのことを、ずっと恨んでたんじゃありませんか……だからこそ、旬右衛門さんが盗みをしている最中に、町方同心を呼んだりした。風祭の次郎吉が言ってたらしいですよ」

「だ、誰でえ……旬右衛門ってのは」

「あなたも本当にご存知ないのですか。あんなに有名な……惚けるつもりなら、それでもいいんですけれどね。盗っ人稼業ってのは、恨みっこなしってのが通り相場なのに、どうして、あんな真似をしたんです」

囁くように耳元に話すお峰だが、半兵衛の方も隙あらば反撃する目つきだった。

「……だから、何の話だ」

「説明するのが面倒だから、このまま死んで下さい」

「な、何を……！」

「だって、町方に捕まったら、どの道、死罪ですよ。風祭の次郎吉みたいにね」

ひんやりした刃物の切っ先が、今にも喉仏を突き抜きそうだった。

「待て……金ならある……おまえが誰かは知らねえが、狙いは金だろ……五十両、いや百両やってもいい。馬鹿な真似はよせ」

「……」

「表には子分たちがいる。俺に何かあったら、おまえだって生きちゃ帰れねえぜ」

「恨みは金では晴らせないんですよ。人殺しなんてのは初めてだけれど、イタチの半兵衛を殺れるなら身も心も昂ぶるわいなあ」

ふざけたように言ったとき、ほんの一瞬の隙に、半兵衛はお峰の腕を摑んで捻り上げて、突き飛ばした。弾みで、お峰が湯船にザブンと落ちると、半兵衛は大声で、

「てめえら。こっちに来やがれッ」

と〝ざくろ口〟の外に呼びかけると、飛び込んできたのは子分ではなく、嵐山だった。一瞬、面食らった半兵衛だが、次の瞬間には嵐山の張り手を思い切り食らってぶっ飛び、低い天井で頭を打って昏倒した。

どのくらい眠っていたか——。

半兵衛が目が覚めたときには、南茅場町の大番屋の土間に、まるで土左衛門のように全裸で転がされていた。

「観念するんだな、イタチの半兵衛……」

覗き込んできた佐々木の顔を見て、半兵衛は仰天しそうになった。だが、その体を座らせて、背後から嵐山が支えた。大番屋ゆえ、吟味方与力の藤堂も立ち合っている。

佐々木は、半兵衛の顎の下に十手を突きつけて、

「俺の顔に覚えがあるようだな。大盗賊に見知ってて貰って光栄だぜ……だが、湯女に密告されるとは、おまえも焼きが廻ってきたってことだな」

「えっ……あの女は密偵だったのか……」

「知らない奴だよ。だがな、不法な湯屋に出入りしていたのが運の尽きだ。三尺高い所に晒される前に白状しろ。おまえが殺そうとしたんだな、雑貨問屋『角屋』の娘を」

「――何の話だ……そういや湯女も同じことを言ってたが……」

半兵衛は不思議そうに目を動かした。

「こっちが聞きたいんだよ。なぜ、そんなことをしたのか。しかも、ご丁寧に爆弾まで作ってよ。よほど旬右衛門に恨みでもあるに違いあるまい」

「何を言ってるんだ……」

「それとも、次の狙いは『角屋』か……どの程度の警固か試しに爆弾でも仕掛けたか」

「言っている意味が分からねえぞ、おい」

「じゃ、なんで『角屋』を狙ったんだ」

「なんで俺が、知りもしねえ奴に、そんなことをしなきゃいけねえんだッ」

抗おうとする半兵衛を嵐山が羽交い締めにすると、佐々木は十手で軽く突いて、

「おまえとは盗っ人仲間の風祭の次郎吉も、先だって捕まったんだがな……そいつにも疑いがあったんだが、どうやら違うようなんだ。次郎吉はおまえを裏切り者扱いしてたぞ」

「裏切り者……？」

「ああ。やはり盗っ人稼業の仲間、いや好敵手ってのか、鬼夜叉の孫六を町方に売ろうとしたそうじゃねえか」

「――いつの話をしてんだ……」

「次郎吉から聞いたぜ。おまえが売った相手は……越智義三郎。以前、うちにいた定町廻り同心だ。名前くらい覚えているだろう」

「それがなんだってんだ」

「おまえが売ったお陰で、鬼夜叉の孫六の手下が、越智さんと一緒に捕縛に出向いていた息子を殺したんだ」

佐々木の話を聞いていて、半兵衛は首を傾げていたが、

「ああ……あのときのことかい……」

と思い出したように呟いた。

「その場にいたのか⁉」

驚いた佐々木は、十手で半兵衛の頭を小突いた。

「い、痛えなッ」

「吐きやがれッ、このやろう」

「こっちは、鬼夜叉一味が血相変えて逃げ出していくのを、掘割を挟んだ路地から高見の見物と洒落込んでたんだよ」

「では、越智さんの息子が殺されるところも、見たのだな」

追い打ちをかけるように、佐々木が問い詰めると、

「――なんでえ、その話かよ……まだ下手人が挙がってねえのか。町方ってなあ、鈍臭い奴らの集まりなんだな」

ぼやくように言って、苦笑を浮かべた。

「どういうことだ」

吟味方与力の藤堂の方が身を乗り出して、

「おまえは、殺した者を見たとでも言うのか、半兵衛」

「まあね……でも、俺の言うことなんざ信じないだろうなあ。なんたって、大泥棒だからよ。だろう、与力様」

半兵衛は、意味ありげに笑みを洩らし続けて、

「俺はたしかに盗みはしてきたが、人殺しなんざしてねえよ。解き放ってくれるなら、見たことをぜんぶ話してやってもいいぜ」

「何を見たというのだ」

「ですから……取り引きといきやせんか。だって、人殺しでしょ、あいつら……」

まるで自分が優位に立ったかのように、半兵衛は大泥棒の貫録で、藤堂や佐々木たちを睨め廻すのだった。

佐奈がハッキリと目を開けたとき、錦は丁度、煎じ薬を飲ませるところだった。

「――せ、先生……ここは……私は、どうかしちゃったんですか」

弱々しい掠れた声ながら、意識は戻ったようだった。佐奈は自分が置かれた事情が分からず、色々と頭の中を巡っていたようだが、あまり刺激をしても良くないから、錦は大怪我をして、看病していたことだけを伝えた。

それでも、佐奈は自分が眠っていた日数の長さに驚き、手や体に受けている傷にも驚いた。まだ朦朧としているようだが、一度は事切れていたことからすれば、まさに奇跡であった。

「ああ……爆発したんです……」

その瞬間のことが脳裏に蘇ったのだろう。佐奈は、路地に曲がろうとした途端、物凄い音がして、天水桶がバラバラになって吹っ飛んできた光景を鮮やかに思い出していた。

「その後のことは分かりませんが……私は、助かったんですね……」

「ええ。顔にもまだ受けた傷があるけれど、それはすぐに良くなる。こうして目覚めたのですから、じっくりと治していきましょうね。私も一緒に頑張るから」

「はい……ありがとうございます……」

話をしているのに気づいたのか、旬右衛門が部屋に入ってきて、

「佐奈……ああ、良かった……良かった」

と抱きしめた。

「お父っつぁん……なんだか、長い夢を見てた……山や谷、広々とした草っ原や川……鳥の鳴き声もしてて、どこもとってもお日様が照ってて眩しかった……」

「はは。御仏様がまだ極楽浄土は早過ぎるって、帰してくれたんだろうよ」

泣き出しそうなのを我慢して、旬右衛門は優しく佐奈を労った。

「だがな、おまえをこんな目に遭わせた奴は、まだ捕まっていないんだ……お父っつぁんも探してやるから、辛抱してくれよ」

その言い草を、錦は咎めるように目顔で首を振った。あまり事件のことで、佐奈の心を刺激したくないからだ。

しかし、佐奈の方から、その瞬間のことはハッキリと覚えていると言った。

「私……その場に倒れて……地面の向こうの方へ、走っていく人の姿を見たんです」

「逃げたってことかね」

思わず旬右衛門は、佐奈の顔を覗き込んだ。

「雪駄を履いてる、黒羽織の町方同心の旦那でした。背中しか見えなかったけれど、誰かを追いかけていたようにも……」

「町方同心……」

旬右衛門は首を捻って、佐奈の呟きを繰り返したが、錦にも気になる言葉だった。

「私……助けて……て手を伸ばそうとしたのだけれど、その後のことは……」

分からないと佐奈は消え入るように言った。それは事実かもしれないし、一瞬だけ見た幻かもしれない。だが、旬右衛門は思い当たる節でもあるのか、

「同心……町方の同心……」

と繰り返しながら立ちあがると、落ち着かぬ様子で、部屋の中をうろついた。何かを思い出そうとしているようにも見える。

「――どうしました、旬右衛門さん」

錦が声をかけると、「まさか、そんな……」とだけ囁くように言って、居ても立ってもいられないように廊下に出ていった。

「お父っつぁん……？」

心配そうに見送る佐奈の体を、錦はしっかりと支えながら、

「今ね、北町の佐々木様を始め、大勢の人たちが調べてくれているから、佐奈ちゃんはあまり余計なことを考えないで、養生に専念しましょう、ね」

と励ました。

佐奈は目を閉じると、息を大きく吸い込んで、また横になりたいと言った。錦は介添えしながら見守ったが、旬右衛門の落ち着かぬ様子が気になっていた。誰がやったのか、ずっと考えていた様子だが、

――心当たりがあるのかもしれない。

と錦は感じ取っていた。それは、北町奉行所内で、達者伺いの折に聞いていた噂と繋がっている気がしてきた。

七

市中取締諸色調掛りの内田と、ふたりだけで錦が会ったのは、その日の夕暮れだった。居候している八丁堀は辻井の組屋敷内、診療所にしている離れである。

「先生とふたりっきりなんて、とても嬉しいんだけど、ここじゃどうも……」

「なんですか」

「病の治療をして貰っているようで、まったく色気も何もないから……しかも、吟味方与力だった辻井様のお屋敷なんて、緊張して喉が渇いてしまいますよ」

「小父様のことを知っているのですか」

「知ってるも何も、若い頃は、俺も吟味方にいて、辻井様の下でしごかれました」

「そうなんですね……優しいお方でしょ」

「とんでもない。たしかに物腰は穏やかですよ。人畜無害で、あんないい人いないってくらい。でも、厳しい。残酷過ぎるくらい、嫌なことばかり言うし、人を傷つけて喜んでいるのではないかと思うくらい……あ、違いますよ。悪口ではないですよ」

一生懸命、手を振って誤魔化したが、錦は薄笑いを浮かべて、

「今度、小父様に会ったら、伝えておきます」

「いやいや、勘弁して下さい」

「もっとも、めったにここには帰ってきませんがね。それと、ふたりきりじゃありませんから。隣室には中間の喜八さんがいますからね。変なことをしても無駄ですよ」

「変なことって……」

バツが悪そうに内田は頭を掻いたが、真顔に戻って、『角屋』旬右衛門について色々と調べてきたことを伝えたいという。

「旬右衛門は、上方で海産物を扱っていたとのことだが、それはでたらめではないか、というのが商売相手のひとり、海産物問屋の主人の話です。素人同然のことしか知らないし、大坂の出である人たちも、あまり上方のことに触れないので不思議がってたとか。そういえば、上方訛りもないしね」

「たしかに、そうですね……」

「なので、本当のところは正体不明ってわけです。ただ、商売を始めた頃は、死に物狂いで取引先に頭を下げていたし、金払いもいいので、少しずつ信頼を得てきたから、今の商売に繋がったんですけれどね。ただ……」

「ただ……？」

「安売りで利益がほとんど出ていないどころか、赤字のときも多いのに、どうやって支払いをしているのか、借金でもしているのかと首を傾げる商人たちもいます……仕事柄、いくらでもネタは入ってきますからね」

内田は自慢げに鼻先を上げたが、錦は何気なく、

「あまり鼻毛を毟(むし)らない方がいいですよ。埃が入って、喉や気管、下手をしたら肺を痛めますから、気をつけて下さい」

「――先生、俺の話、聞いてますよね」

「もちろん。では、旬右衛門さんはどうやって金を用立ててるのです？」

「それがですね……」

喜八に聞かれてもまずいのかと思うくらい、内田は声を潜めた。

「旬右衛門とは古い付き合いらしい者が何人かいるんですがね、それこそ金貸しや

職人らがね……その何人かと、鉄砲洲の貸し蔵で、たまに会っていた節があるんです」

「貸し蔵……」

「ええ。蔵持ちほどの大店じゃないでしょ。だから、借りてるのですがね……そこで、何やら話し込んでいたのを、人足たちが見ていたんですよ。そこで、調べてみました！」

内田は今度は大きな声を出して、

「でもね……旬右衛門と一緒にいた者たちの素性がサッパリ分からないんですよ。金貸しとか人足とか、今の仕事は分かりますよ。でも、ちょっと探れば昔、何をしてたかくらい分かろうってもんだ。それが、何処の生まれで、何をしていたかが分からない」

「……」

「つまり、そういう奴も商売相手にいるってことです。けど、そいつらと旬右衛門が何を話していたかっていうと……自分を恨んでいる奴を探しているらしいんです」

そこまで話を聞いて、錦は溜息をついた。

「何も分かってないということですね」

「いいえ、話は最後まで聞いて下さい。いいですか……」

軽く膝を叩いて、内田は前のめりになって、錦に少し近づきながら、

「旬右衛門には人に言えない昔があって、誰か分からない者たちに、佐奈を爆死させようとした奴を探させているってことです」

「——そんな感じはありました」

「で……その相手っていうのが、これはまだハッキリとは言えませんが……」

「南町の越智義三郎さんですか」

錦が訊き返すと、内田はエッと驚いた。

「な、なんで知っているのです、錦先生……せっかく調べてきたのに……」

「奉行所で、与力や同心の皆さんの話を聞いていたら、なんとなくね。佐々木様からも聞きましたが、越智さんは息子さんを事件探索の際に亡くしている。今でも恨みに思っている。その相手は、鬼夜叉の孫六という盗賊……なぜならば、その一味に息子が殺されたから」

「なんだ。先生の方が先に知ってたのかよ」

「では、なぜ『角屋』の娘が狙われたか……内田さんもこの話をしに来たんですよね」

「そういうことです。つまり、旬右衛門が鬼夜叉の孫六だったのではないか。だから、越智さんは息子の意趣返しのつもりで、相手の娘を狙った……そう考えれば、辻褄が合うんです」

内田はまた名調子が戻ってきて、

「てことはですよ、先生……越智さんは、旬右衛門が盗賊の頭領だってことを、いつ知ったのか。知ったのなら何故、捕縛せずに、娘を狙ったのか……そこが気になります」

「恨みとしか言いようがないですね。それが、今度はまた旬右衛門さんの恨みに変わった……永遠に繰り返すのかしら」

錦は耐えられないように首を横に振り、

「もし、旬右衛門さんがかつて盗賊だったとして、佐奈ちゃんが、それを知ったら……今度は心に大きな傷がつく……」

悲痛な顔で、深い溜息をついたが、ハッとなった。

「もしかしたら……越智さんの屋敷は、八丁堀の何処かしら」

「たしか、薬師堂の近くだったかと」

「では、内田さん……佐々木様を呼んで来て下さらない。さあ、すぐにッ」

「えっ。人使い荒いですね。少しくらい、甘えさせて下さいよ」

内田が抱きつく真似をするのを、錦はスルッと躱して立ちあがった。

旬右衛門が八丁堀の薬師堂に姿を現したのは、日がとっぷり暮れ、星空が広がってからであった。月は細い三日月なので、辺りは闇が広がり、堀川沿いの柳だけが不気味に揺れていた。

町方与力や同心の組屋敷が多い場所柄、番小屋がそこかしこにあるが、障子窓の中の明かりも、軒下の提灯も消えている。

まるで慣れきった道のように、旬右衛門は歩いてくると、一軒の冠木門の前で立ち止まった。越智の屋敷である。扉は不自然に開いてあり、旬右衛門は辺りを振り返ってから、屋敷の中に踏み込んだ。

屋敷の中は真っ暗で、手探りでしか歩けないほどだ。が、旬右衛門は猫の目の如く闇の奥が見えるのか、裏手に廻って音も立てずに閉まっている雨戸を外し、中の障子戸を開けて座敷に入った。

さらに奥の部屋からは、大きな鼾が聞こえてくる。旬右衛門がそっと襖を開いて中を見ると、布団が盛り上がっており、寝返りをするように動いて、鼾が消えた。

忍び足で寝床に近づいた旬右衛門は、そのすぐ側まで来ると、軽く息を吸ってから、

「死んで詫びろ」

と喉の奥で言ってから、抜き払った匕首で寝首をかこうとした。

寸前、バッと布団が跳ね上がり、旬右衛門の顔に被さった。払いのけた旬右衛門の目の前には、闇の中でも光る刀身が突きつけられていた——そこに立っているのは、越智義三郎であった。

「待ってたぞ、鬼夜叉の孫六」

「!?——」

旬右衛門は足払いを掛けられ、その場に腰から落ちた。その喉元に、越智の刀の

切っ先が伸びてきて、ピタリとあてがわれた。

「娘を殺せなかったのは残念だが、てめえの命で〝御破算〟としてやる」

「……」

「残された娘も、そのうちいたぶった上で、ぶっ殺してやるよ。それが盗っ人とその娘のあるべき運命(さだめ)ってものだ」

越智は一方的に捲し立てたが、旬右衛門は覚悟を決めてきたのか、微動だにしない。まったく恐れてもいない顔つきで、鋭く睨み上げていた。そして、落ち着いた声で、

「娘には関わりない。卑怯者めが」

「俺の息子を殺した奴の娘だってだけで、充分だ」

「残念だが、おまえの息子を殺したのは、俺でも手下でもない」

「今更、言い訳は聞きたくない。法の裁きも受けさせたくない。この場でおまえを斬っても、盗っ人に押し入られて返り討ちにしただけだ。それが、『角屋』の主人だと分かっても、素性は鬼夜叉の孫六と公になれば、おまえの可愛い娘も生きてはいけないだろう……死ね」

切っ先を喉に突こうとしたそのとき——その腕に鎖が飛来して、手首にグルッと絡んだ。投げたのは、嵐山だった。

一瞬の隙に刀をかいくぐった旬右衛門は、匕首で越智を刺そうとしたが、横合いから踏み込んできた佐々木が十手で籠手(こて)を激しく打ち、匕首を叩き落とした。

「うっ——！」

手首を押さえて崩れた旬右衛門を、周辺に潜んでいた捕方数人が来て、取り押さえた。驚いて見ている越智は、

「これは……どういうことだ、佐々木……」

と鋭い目を向けた。

「それは、こっちが聞きたい話です」

「俺は、そいつに寝込みを襲われただけだ。なぜ邪魔をする」

「娘を殺せなかったって言いましたよね。まずは、そのことから話して貰いましょうか。ゆっくり、北の番所で」

佐々木が肝の据わった声で言うと、越智は抗おうとはしなかった。観念したのか、落ち着いた態度で従うのだった。

玄関から出たとき、女が立っているのが見えた——八田錦だと気づいた越智は、不思議そうに見ていたが、なぜか「なるほどな」と呟いて、誰に語るでもなく、

「さすがは、八田徳之助の娘だ……養生所廻りから医師に転身したが、その前は大親友の辻井登志郎とともに、公儀隠密を拝命していた……俺も少なからず手伝ったがね」

「……」

「その娘に、恩を仇で返されたってわけか。ふん。これも縁と諦めるか」

越智が皮肉めいて言うと、錦は毅然と相手を見つめて、

「父が公儀隠密だったことは知りません。ですが、あなたに、人を恨めとか殺せと教えたことはないと思います」

「さあ、どうかな……人の心の中には、何匹もの鬼が住んでいる」

「……」

「あんたの親父だって、娘が危ない目に遭って逆上したことがある……それを裏で必死に止めたのは、俺だったのだがな……てめえのことになると目が曇る」

「……」

「親の気持ちは分かる……この孫六だって同じだ。だから俺を殺しに来た……先生も自分の子を持てば分かるだろうよ」

鼻白んで言って、佐々木に連れて行かれる越智の背中に向かって、

「あなたの息子さん、英太郎さんを殺したのは、旬右衛門さんでもその仲間でもありません……通りすがりの酔っ払い浪人です」

「えっ……」

「未だに何処の誰か分からないのは、たしかに町方の探索の落ち度でしょうが……英太郎さんが、あなたと一緒に探索に出た折、裏手に廻ったとき……」

路地から飛び出すと、たまたま歩いてきた浪人にぶつかった。そのとき、

『どけ、じゃまだ！』

と押し退けて行こうとした英太郎に、

『なんだと、このやろうッ』

いきなり刀を抜き払って、バッサリと斬り倒して、その場から走り去った。

「──その一部始終を……あなたに孫六のことを密告したイタチの半兵衛が、掘割の向こうから見ていたんです。その半兵衛はまだ、お白洲で証言するために処刑さ

れず、牢屋敷におります……そうですよね、佐々木様」

錦の話を聞いていた越智は、両肩を震わせていたが、

「ふん……その浪人も、盗賊一味の見張り役かなんかだろうぜ……バカバカしい……どのみち、俺の息子を殺したのは、こいつだ……孫六だ！　地獄に堕ちろ！」

と叫んだ。だが、錦は冷静な態度で、振り向いた越智に向かって、

「理由はどうであれ、あなたは何の関わりもない町娘をひとり殺そうとして、大怪我をさせた。死んでいたかもしれない……しかも間違った相手です……息子さんは喜んでいますでしょうかね」

「……」

「いいえ。仇討ちをすること自体、悲しんでいると思いますよ」

「うるさい。息子は何度も何度も、夢で出てきて、俺に仇討ちしてくれと頼むんだ。だから、その願いを叶えてやろうとしただけだ。それが、いけないかッ。生きてりゃ、今頃は……生きてりゃ今頃は……ううっ」

終いの方は声にならず、全身を震わせながら、佐々木に連れ去られるのだった。

数日後――『角屋』は看板を下ろし、闕所となり、表戸は閉じられていた。

佐奈は辛い現実を受け止めなければならなかった。まだ怪我は完治しておらず、体調も優れない上に、父親と別れなければならないということで、心に傷を負うことになった。だが、錦が診療に来たときには、気丈に明るく振る舞っていた。

「先生のお陰で、こうして元気になれたことに感謝しています。でも、親戚もいないので、お父っつぁんと懇意にしていた『と金屋』というお店で、奉公させて貰うことになりました」

「それは、良かったけれど、何かあったら、なんでも私に相談してね」

「ありがとうございます。実のお姉さんのつもりで、これからも甘えます」

「ええ、そうしてちょうだい」

錦も安堵したように微笑み返した。

「それにしても、お父っつぁんが……悪いことをしていたなんて、思ってもみなかった。法を犯してまで安売りしてたなんてね」

「……」

「私には難しくて、よく分からないことだけれど、いつか必ず江戸に帰って来られるんですよね……お白洲で、お奉行様からはそんなふうに言われたけれど、八丈島っていうのは、随分と遠いんでしょうね」

「いつか御赦免花が咲くはずよ。それまで、佐奈ちゃんも元気でいなきゃ。誰か惚れた人と一緒になって、子供を産んで、幸せになってなきゃね」

遠島になったが、旬右衛門がかつては盗賊の頭領だったことは、佐奈には内緒にされていた。真実を知らせるのは、あまりにも不憫だと、遠山奉行が配慮したためだ。もちろん、錦の進言があったからであろう。

町奉行の調べでも、孫六が旬右衛門であることは確認した。だが、孫六という盗賊は、世間であぶれて身寄りのない子供らを救うために盗みをし、その金をもとに仕事をさせる〝義賊〟と言われていた。それでも、犯罪であることに違いはない。

しかし、今般の〝不幸〟は、越智の息子を殺した下手人を捕まえられていなかった、町奉行所の落ち度とも言える。目に見えぬ因果は如何ともしがたいが、旬右衛門にしても身から出た錆に他ならぬ。

「それより、私……先生のようなお医者様になりたい」

「え、どうして？」

「だって、私のことを救ってくれたし、何より男勝りで格好いいから」

「男勝りって言い方はないでしょ」

「あ、ごめんなさい」

「でも、女だからって甘えないためにも、何か手に職をつけるのは大切ね。医学に興味があるなら、いつでも学びにいらっしゃい」

錦が大歓迎をすると、佐奈は心から安心したように、喜んで抱きつくのだった。

まるで本当の姉妹のように朗らかに笑うふたりを、晴れやかな江戸の青空が包んでいた。

第四話　散華の女

一

神田明神下にある自身番に駆けつけてきた八田錦が、その亡骸を見たとき、まったく死因が分からなかった。おでこを地面で打った痕跡はあったが、掠り傷程度だったのだ。

身許はすぐに分かった。町内にある薬種問屋『丹波屋』の主人・要左衛門（ようざえもん）である。女房のお久（ひさ）と手代が確認したが、薬を扱っている商売だし、日頃から〝堅固〟には気を使っているから特に悪いところはないという。

通りがかった出商いの者の話では、要左衛門は階段をもたつきながら下まで降りて、そのまま転んだのだが、苦しそうに咳き込んでいたという。持病に肺の病はないし、この数年は風邪も引いたことがないらしい。

だが、年は還暦近いから、自分でも知らぬ間に何か病に罹っていたかもしれない。明らかに事故か殺し、あるいは遺族が気になれば、小石川養生所の医師などが腑分けをしてでも死因を特定するのだが、このような突然死を番所医が調べる責務はない。しかし、

——ちょっと妙だな……。

と感じた錦は、定町廻り筆頭同心・佐々木康之助の許しを得て、〝解剖〟をすることとなった。周りの衛生にも気遣い、わざわざ小伝馬町牢屋敷まで運び、その腑分け場を借りることになった。

錦が自身番で検屍したときに気になったのは、要左衛門の喉や口蓋、鼻孔に微量だが、薬らしき粉末が残っていたからであった。薬種問屋であるし、自分で漢方薬の煎じ薬を作ったり、粉薬を扱ったりしていることから、日頃から自然に吸い込んでいるであろう。

だが、直前に激しく咳き込んでいたとなれば、粉末薬か、あるいは何かを誤嚥(ごえん)して、気管が塞がったのかもしれない。丁寧に腑分けをして肺の状況を調べ、万が一、誤って毒を飲んだ可能性も含めて、肝や腎も調べることにした。もちろん心の臓も

だ。

「──どうなんだ、先生……やはり、何か不審な点でもあったかい」

立ち合った佐々木も心配そうに見ていたが、錦は腑分けをして後、丁寧に縫合してから、自分の見解を述べた。ほんのわずか、喉の気管や肺から切り取った〝細胞〟が、抹茶のように緑がかっている。

「これは、恐らく吸い込んだ粉薬だと思うのですが、唾液や痰などの体液に濡れているから、すぐに何かは分かりません」

「まさか、毒なのかい……」

「今は何とも言えませんが、詳細に調べてみないといけませんね。薬種問屋ご本人に聞いてみたいところですが……〝がはは先生〟……山本宝真（やまもとほうしん）先生ならば詳しいので頼んでみます」

その話を聞いて、傍らで見ていた嵐山に、佐々木は「おい」と声をかけた。すぐに切り取った内臓の一部を容器に入れて、山本宝真先生に届けろと命じた。

「え、あっしがですかい……」

「でかい図体をして、何をびびってやがんだ」

「別にびびってませんがね……深川の方まで行かなくても……〝はちきん先生〟は分からないのですか、それが何か」

「いいから、とっとと行けってんだ」

仕方なくではあるが、嵐山は気味悪そうに、丼のような容器に入ったものを持って、牢屋敷から立ち去った。

残った錦と佐々木は、しばらく黙ったまま、亡骸に着物を着せ直した。そのとき、

――おや？

と後ろ衿に目が止まった錦は、そこにも白っぽい粉が少し付着しているのを見つけた。指先で触れて匂いを嗅いでみたが、まったく無臭だった。しばらくすると、自分の指先の汗で、少しばかり薄い緑色に変わった。

「これを吸ったのかしらね……」

「なんだい、それは」

「分かりません。でも、なんだか関わりがありそうですね……」

錦はそう言いながら、要左衛門を改めて見て、供養するように合掌した。佐々木も深々と黙礼しながら、

「なんだかなあ……ある日、突然、こうして死んでしまう人もいる。俺なんか、長年患うよりポックリいきたいが、それにしても、薬種問屋として真面目に生きてきた者が、何の因果でこんな……せめて極楽浄土で穏やかに暮らして貰いたいと思うぜ」

「感傷に浸るのは結構ですが、まだ突然死と決まったわけじゃありません」

「えっ。どういうことだい……さっきから、なんかこう……皮肉の間が痒くてしょうがないような物言いだな」

「ハッキリと知りたいだけです。原因のない死なんて、ないからです」

「原因のない死、ねえ……」

「いつぞや、房州の漁村や越後の雪山の村で、村が無くなるのかと思えるような流行病がありましたね。江戸でも〝江戸桜〟なんて疫病が流行ったこともあります」

「もしかして、疫病の類なんで……」

「それも疑って腑分けをしましたが、違ったようです。でも、疫痢が疑われて、小屋に隔離したり、長屋を封じ込めたりしたとき、疫痢ではなくて亡くなった人も何人かいました」

「え、ああ……」

「つまり、疫痢を疑われたがために、キチンと診察も治療も受けられずに死んだ人がいますよね。でも疫痢で亡くなったことにされた。私は、人の死の原因が何かを、キチンと調べることは大切だと思っています」

「だから、この仏さんのことも……」

佐々木は改めて、錦の医師としての矜持を垣間見た気がした。が、実はもっと他に狙いがあるのではないかと気になっていた。その心中を察するように、

「もしかしたら、これまでも見逃された人がいるかもしれませんね。同じような様子で、原因がよく分からず亡くなった人がいないか、調べてくれませんか」

と錦の方から言った。

「やはり、何か女の勘が閃いたんだね、錦先生……」

「嫌なことじゃなければいいですけど、なんかもやもやするので、スッキリ落ち着きたいだけです。宜しくお願いしますね」

錦はニッコリと微笑んだ。

「せ、先生は狡いな……いつも冷たい態度なのに、そんな顔をされると……嫌と言

えないじゃないか、憎いなあ」

「どうぞ、宜しくね」

念を押す錦に、佐々木は鼻の下をだらりと伸ばして、

「先生、今度はふたりきりで、鰻なんぞ如何ざんしょ。ねえ、ふたりで鰻を突っつくのは、理無い仲の証ってのは、世の常……たまには俺にも見栄を張らしてやってくれよ。な、そうしやしょ。そうしやしょ」

と言ったが、錦の気持ちはもう目の前の亡骸の方に移っていた。

深川の中川船番所は、江戸へ物資を運び込む川船の〝関所〟である。船荷だけではなく、天保の世であっても、「入り鉄砲に出女」の慣わしは厳しい。

その船番所の近くに、『小関』という小さな川魚料理屋があって、鮒や鯉、鮎料理などを振る舞っているが、やはり一番人気は、鰻の蒲焼きだった。深川の鰻は、荒川上流の浦和産同様大振りで、焼けばホクホクしていたから、江戸では人気の鰻だった。

朝霧の中に、『小関』という看板と暖簾が、人目を忍ぶようにある。朝っぱらか

ら店を開けているのは、関所勤めの役人の朝餉を出すためである。川船の関所関係だから、『小関』という屋号も認められている。

店の裏手に、チュンチュンと雀が集まって来ているのは、米粒を放り投げられているからである。近在の者が「雀の宿」とからかい半分で言っているのは、『小関』に押し寄せる客が雀に見えるためだ。

今朝もいつものように、出仕前の役人や川船船頭や人足らで流行っていた。むさ苦しい男たちの間を縫うように、せっせと働いているのは、三十路に差しかかるくらいの色っぽい女だった。

「お光ちゃん、こっちはまだかい」

「俺はお茶が欲しいな、お光ちゃん」

「お吸い物はお代わりできるんだよね、お光ちゃん」

「可愛いなあ、お光ちゃん」

女の名を繰り返す男たちの声が、煩わしいくらいに飛んでくる。それでも、お光という娘は、常に笑顔で、軽やかに相手をしている。特に美人というわけではないが、人を和ませる雰囲気が漂っていた。

厨房では、襷がけのまだ十七、八の若い男がせっせと鰻を焼いたり蒸したりしている。颯太（そうた）というが、真剣なまなざしは修行僧のようで、お光とは違って無口で、愛想なしだった。

弟ということだが、顔はあまり似ていないし、誰もがお光の〝若い燕〟だと噂していた。それほど怪しい仲に見えたのであるが、本当のところは誰も知らない。

「まいどありぃ！」

朝の騒動がひとしきり終わると、お光はふうっと深い溜息をついて、片付けてから今度は昼餉の準備をする。そして、昼が終わると夕方の仕込みに取りかかる。夕方は一杯、酒を飲みにくる客もいて、他の惣菜も用意しなければならないから、一息入れる暇もないのだ。

「お疲れだったね、颯太……肩が凝っただろう。横になってなさい。生まれつき、あまり体が良くないんだからさ」

「ああ……姉貴も少しは休みなよ」

「私は動いてないと……はは、逆に体が悪くなるんだよ」

「いつも、そんなことばかり……ぶっ倒れたって、俺は面倒見ないぞ」

「大丈夫。死ぬときはポックリいくから、お父っつぁんみたいに」

「また、そんなことを……それより、おっ母さんの方はどうなんだい」

「どうって……」

「会ってるんだろ。たまには」

「まったく……あの人は私たちのこと嫌いだから。自分が産んだ子なのにねえ……」

お光はそう言いながらも、サバサバした感じである。客がいなくなって、がらんとした店内を片付けようとしたとき、

――ひらり……。

と格子窓から、小さな赤い鶴が舞い降りてきた。もちろん千代紙の折り鶴である。

一瞬、目が真剣になって、チラッとまだ厨房にいる颯太を振り返ってから、折り鶴を拾うと、帯に隠すように挟んだ。

「誰か来たのかい……？」

颯太が声をかけたが、お光は「ううん」と返して、裏手から出ていった。そして、周りを見廻してから、鶴を開くと、そこには細い文字で、

——札差『津軽屋』主人・宇兵衛(うへえ)。四十六歳。身の丈五尺七寸。細面痩せ形。今夜暮れ五つ。富岡八幡宮。

と記されていた。

お光は書かれていることを口の中で繰り返すと、千代紙を破って、目の前の中川にハラリと流した。

それを、厨房の格子窓越しに、颯太が訝しげに見ていたが、「またか……」と呟くだけで、何も言わなかった。ただ、憂いのある目になって俯くと、鰻の頭に目打ちを突き立てて、うなぎ裂き包丁で巧みに捌き始めた。

二

その夜、客が引いて暖簾を下げたお光は、

「ちょいと、八幡さんまで行ってくるから、後片付けをお願いね」

と厨房に声をかけると、颯太は心配そうな表情になった。

「こんな刻限にかい」

「富岡八幡宮の宮司さんに、鰻を届けにさ」

お光は風呂敷包みを掲げてみせた。

「そんな所まで行ってる間に、冷めちまうじゃないか」

「大丈夫だよ。熱々のご飯で挟んでるんだからさ。頼んだよ」

笑顔を投げかけたお光は、カランコロンと下駄の音をさせながら店から出ていった。

小名木川沿いに歩き、富岡八幡宮の裏手からお光が入ると、薄暗い本殿の前で、ひとり拝んでいる羽織姿の商人がいた。折り鶴に書かれたとおりの風貌や背丈、年齢である。

さりげなく近づいたお光は、「こんばんは」と声をかけながら、

「おや。札差『津軽屋』のご主人、宇兵衛さんじゃございませんか？」

と訊いた。

「ああ、そうですが、あなたは……？」

「いつぞやは、大変お世話になりました。実は……」

と言いながら、地を蹴るかのように跳ねると、宇兵衛の背後に廻り、肩から首に

手をかけて、手拭いで口を押さえた。

「うっ……な、何をする……」

宇兵衛が払いのけると、お光はすぐに離れて、今来たばかりの境内の裏手に素早く立ち去った。ほんの一瞬の出来事だった。

「お、おまえか……私を、よ、呼び出したのは……」

お光の逃げた方を見ながら、宇兵衛は手を伸ばした。その直後、喉や胸を押さえながら、ゴホゴホ……と咳き込み始めた。激しく咳き込みながら、鳥居の方に向かい、参道に出たあたりで、崩れ込んだ。

近くには店仕舞いをしていた者や、仕事帰りの者たちもいて、「大丈夫ですかい」と近づいてきた。

「苦しいんですか……大変そうだ」

「誰か、医者を呼んでやってくれないか」

などと数人の人が集まったが、咳き込んで悶えながら息絶えたようだった。

すぐさま、宇兵衛は、富岡八幡宮からはさほど離れていない町医者・山本宝真のもとに担ぎ込まれた。しかし、即死に近い状態で、参道で倒れたときには、絶命していたとのことだった。

札差『津軽屋』は蔵前にあるが、富岡八幡宮近くに別邸である寮を構えており、よく寝泊まりしていた。その折は、習慣として毎日、朝晩、参拝していたという。

「そこで突然、噎せ返ったわけか……年寄りが物を食べているときとか、風邪を引いて痰を絡めたなら分からぬではないが、宇兵衛さんはまだ四十半ばの働き盛り……」

この死に方はあまりにも理不尽というより、不自然だと宝真は思った。いつもは陽気に大笑いするから、〝がはは先生〟などと呼ばれているが、冗談でも笑うことができない状況だった。

というのは——嵐山が持参した、腑分けした一部に付着していた緑色の肉片と、同じような状態のものが、宇兵衛の亡骸にも見られたからである。しかも、錦が〝不審死〟として扱っているとのことから、綿密に調べてみようと宝真も思ったのだ。

その所見が、錦のもとに届けられたのは、数日も経ってからのことだった。しかも、宝真にして、よく分からないとのことだった。緑色のものは、何らかの粉薬が固まったものであろうことは分かる。が、それが毒性を帯びたものかどうかは不明だった。皮膚が爛れたり、腐ったりしていないからだ。

ただ、考えられるのは、何らかの粉末を一気に吸い込んだことによって、急に気管支炎のような症状が起こった。それが、発生した痰などと混じって固まり、喉や気管を塞いだのかもしれないということだ。

「だとすると……この前の『丹波屋』要左衛門さんと似ているってことよね……」

これは偶然、似たような異変が起こったのか、それとも流行病のように病原菌のようなものが侵襲したのか、あるいは何者かにわざと吸わされたのか、と錦は考えた。

翌日――。

いつものように北町奉行所の詰所に出向いて、与力や同心の〝堅固〟を調べていると、年番方与力の井上多聞が、いつになく沢山、咳をしている。寒い時節ではないが、夏風邪もあるので、気をつけるように話すと、

「どうもね……花粉が飛んでおってな」

と多聞は言った。

「花粉……」

「ああ。春先には時折、杉や檜の花粉が甲州や上州の山の方から飛んでくるようじゃが、間もなく川開きって時節にはなあ……〝風媒花〟などと洒落た言い方をしてるが、どうもムズムズしていかん」

「たしかに今時、変ですよね……でも、去年は蒸し暑かったから、その翌年は花粉が多いというので、もしかしたら今でも……」

「ハックション！」

「まあ、樹木も子孫を残すために花粉を飛ばしているのですから、私たち人間では如何ともし難いですが、花粉による鼻水やクシャミなら症状を見てから、小青竜湯か麻黄附子細辛湯を出しておきますね」

「私はそれより、先生の笑顔が……ハックショイ、ショイ……」

「人に向かってしないで下さいね」

「これは失敬……おかしいなあ。咳やクシャミで死んだら、たまらんなあ」

何気なく井上は言ったが、錦は続けざまに起きたふたりの商人の症状と鑑みて、もしかしたら関わりがあるのかと勘繰った。錦は自分の前に井上を座らせて、鼻腔や喉を調べてみたが、ふたつの遺体にあったような緑色の粉末が固まったような痕跡はなかった。

「せ、先生……何か……」

「大丈夫です。恐らく沢山発生した花粉のせいでしょう。死にはしないでしょうが、気をつけておいて下さい」

「はい……ハ……ハッ……」

思わず錦は手拭いで自分の口と鼻を塞いだが、井上はクシャミが出ないので、

「出ないと気持ち悪い」と言いながら立ち去った。

入れ替わりに佐々木が来たが、これまたいつものように、「事件のことだからな」と並んでいる同心を押しやって、

「錦先生……あんたに言われたことを調べてみたが、目立った事件はない。だが、半年前くらいにひとり、そして、三月前にひとり、激しく咳き込みながら死んだ商人がいる」

「商人……」

「ああ、半年前の芝神明の油問屋『笹野屋』……そして三月前のは、日本橋にあ

る『近江屋』という縮緬問屋だ。生地だけでなく、呉服の仕立ても扱ってるそうだ」

佐々木は屋号などを言ってから、いずれも年は五十絡みで、間もなく隠居をするとのことだった。だが、ふたりとも病とは縁がなく、暇なときには釣りをしたり、まだ吉原に通うほど壮健だったという。

「それが突然、咳き込んで倒れて死んでいるらしいんだ。ふたりとも墓の下だから、もう調べようがないが、そのときの様子は、内儀や店の者から聞いてきた」

「やはり同じような感じなのですね」

「ああ。医者を呼んだときには、すでに事切れていて、何かが喉や気管に詰まって窒息したとのことだ……まあ、水や気泡でも喉に詰まって慌てることがあるからな」

「調べてきたのは、それだけですか？」

「えっ……」

「だって、咳き込んで亡くなったというだけでは、探索のしようがないですよね」

あたかも、事件であることを期待しているような錦の言い草に、佐々木はニンマ

リと嫌らしく笑いかけて、

「ふたりして鰻を食えるのも近いかもな。もし、なんらかの事件ならば、それを解決した後は、絶対にふたりでシッポリと……」

「亡くなった商人たちに、何か繋がりとか関わりはないのですか」

「それがな……」

声を潜めて、佐々木は言った。

「まだ分からないんだ……あ、そんな怒った顔をしないで、終いまで聞きな」

「女をじらすものではありませんよ」

「分かってるって……実は、この四人、妙な神様を信心してて、さらに一緒に〝頼(たの)母子(もし)講(こう)〟みたいなこともしていた節がある」

「妙な神様……」

「金儲けの神様らしくて、それも〝恵比寿教〟……恵比寿様といえば、商売繁盛の神様だからな。元々は大漁の神様だったが。あ、それで、釣りもしてるのかな、はは」

佐々木は冗談めいて言ったが、錦は〝恵比寿教〟などというのは、聞いたことがなかった。だが、町奉行所はいわゆる人心を惑わす輩とか、神仏の使いだと騙って金を巻き上げる集団、謀反を起こす一味などがいないか、常日頃から隠密探索をしている。世の安寧秩序のためだ。

「今のところ、〝恵比寿教〟の信者は少ないらしいが、なんというか、八百万の神々の神通力があるとかで、不思議なことを見せつけては、人びとの心を惑わすタチの悪い一団なのだ」

「知りませんでした」

「もう何年も前に、教祖と名乗る奴は捕まって、騙りを繰り返したことで死罪になったが、その妻と名乗る女が新たな教祖となって、密かに信者を集めている」

「そうなんですか……」

「ああ、しかも教祖は、錦先生と互角のすこぶる美人らしい。あくまでも、噂だ。でへへ」

「一々、私と比べないで結構です」

錦は冷たい口調で言ったが、人差し指を頬に当てながら、

「もしかしたら、その商売繁盛の教えとか、頼母子講絡みの儲け、あるいは騙り

……そのことと、亡くなった商人たちは関わりがあるのかもしれませんね」

「だと思って、すでに嵐山に色々と調べさせている。ところがだ……」

「ところが……」

「肝心の教祖の居所がサッパリ分からない。見つけたら、そんな輩は番所に引っ張ってきて、化けの皮を剝がしてやるのだがな」

「ええ、そうして下さい。もし、そのことと、此度の商家の主人の不審な死に方と関わりがあるならば、キチンと調べて亡くなった人を供養してあげようじゃないですか」

「ガッテンでえ……じゃないでしょ、錦先生……俺はあなたの使いっ走りじゃないんだから、感謝の言葉くらいかけてくれよ」

「ありがとう。では、次の方、望診をしますから顔を見せて下さい」

と、並んでいる同心に錦が声をかけると、

「つれないねえ……」

佐々木はゆっくりと立ちあがり、背中を丸めて、玄関の方に立ち去った。

三

錦はもう一度きちんと、〝がはは先生〟に見立てを聞くために、深川に向かった。

その途中、『津軽屋』宇兵衛が亡くなった富岡八幡宮の境内に立ち寄った。

寮に来たときには、朝晩、ここに参拝に来るほどの信心深い人が、いわば怪しげな〝恵比寿教〟に傾倒していたのは、不思議に思えた。そういえば、『丹波屋』の主人は、神田明神の参拝帰りに階段から降りたときに転んだ。他のふたりのことは、佐々木に聞かなかったが、ただの偶然なのか、それとも何か関わりがあるのか、まだ錦には分からなかった。

参道に戻って先に行こうとすると、

「先生──」

と声をかけられた。振り返ると、嵐山が立っており、本所見廻り同心の伊藤洋三郎が一緒だった。かつては定町廻りにいたのだが、手柄を立て過ぎて、本所方にされた。つまり、やり方が乱暴だったということだ。

もっとも、本所には〝鞘番所〟と呼ばれる大番屋があって、この界隈で事件が起こると、自身番をすっ飛ばして、すぐに本所方与力が取り調べる。周辺には、〝深川七所〟と呼ばれる岡場所もあるから、治安も良くない。ゆえに、大番屋に直行して詮議され、すぐさま牢送りにされるのである。

「おや、ご無沙汰ですね、伊藤様……」

錦が挨拶をすると、伊藤の方も微笑み返して、

「先生こそ、相変わらずお綺麗で……なのに、事件ばかり追いかけてると、せっかくの美貌が薄汚れてしまうぜ」

と言った。長身の錦と並んでも、首ひとつ背が高く、嵐山ほどではないにしろ、屈強な体つきだった。剣術で鍛え抜かれた武芸者然としており、三十半ば過ぎにしては、瞳の澄んだ甘い顔だちだった。

思わず両手で頬を押さえた錦は、少しばかり照れ臭そうに、

「近頃は肌が荒れて、ざらざらです。浮いた話もちっともありませんからね」

と微笑んだ。

ふたりの様子に、嵐山は訳ありかと勘繰りたくなるほどだったが、すぐに錦が、

この前の『津軽屋』のことを問いかけた。

「もしかして、伊藤様も……そのことを調べているんじゃないかと思いましてね」

「ああ、そのとおりだ。嵐山から聞いたが、他にも三人、似たような死に方をして、しかも〝恵比寿教〟と関わりのある者だと聞いたら、じっとしてられなくなった」

「何かご存知なんですか……」

「まあ、〝鞘番所〟まで来るがいい。嵐山、おまえはもうひとっ走り、例の件を探ってみてくれないか」

「……とかなんとか言って、その辺の出会い茶屋にしけ込むつもりじゃ」

半ばからかうように嵐山が言うと、伊藤はまんざらでもない顔で、

「それもいいな。どうだ、錦先生」

と返すと、錦も微笑を浮かべたままで、

「さあ……伊藤の旦那次第ってとこでしょうかね」

「おいおい。本当かよ。だって、錦先生、他の奉行所の連中の前と、まったく別人のようだぜ。たまんねえなあ」

「いいから、行け」

伊藤に追っ払われて、嵐山は大きな体を揺らしながら立ち去った。時々、振り返ると、ふたりは肩を寄せ合うように、大番屋とは違う方へ向かっている。

「ちっ……まじかよ。腹立つなあ……」

嵐山は四股を踏むような態度で、参道から路地に入るのだった。

一方、錦と伊藤は、近くの蕎麦屋の二階に陣取って、話の続きをしていた。目の前には、大横川が流れており、その向こうには江戸湾が見渡せる。海鳥が風に揺られて優雅に飛んでおり、とても事件の話をしているふたりには見えなかった。

「──闇の殺し屋、ですって……」

錦が微かに聞こえる程度の声で返すと、伊藤は蕎麦を啜りながら、

「金で殺しを請け負う輩は、いつの世にもいるんだよ。此度の一件も鮮やかな手口から見て、そうとしか思えないんだ」

「此度の一件って……『津軽屋』がそうだってこと?」

「かもしれぬ。この二年余りの間に、突然、咳き込んで死んだ商人が何人もいる。しかも、そのほとんどが屋外だ」

「……」

「埋められたり、中には荼毘（だび）に付されたのもいたりして、もう調べようがないが、先生が見立てたとおり、直前に粉薬を飲まされて、それで激しい咳をして死んだとも考えられる」

「その人たちに繋がりはあるのですか。佐々木様の調べでは……」

「それも嵐山から聞いたが、死んだ者がみな〝恵比寿教〟にはまっていたかどうかは分からぬ。だが、少なくともこの四人は同じ死に方をしており、関わりがありそうだ」

「ですね……」

「少なくとも、先生が検屍に関わった『丹波屋』と『津軽屋』ふたりだけでも、殺しだと確定できれば、大がかりな下手人探しをすることができる」

事件の匂いを嗅ぎ取った伊藤は、闇の殺し屋の仕業だとしたら、とっ捕まえて、裏事情も暴きたいと気迫に満ちていた。

「誰か恨んでいたか、憎んでいたか、あるいは金の揉め事か……いずれにせよ、その辺りが取っ掛かりになるから、この深川で起こった『津軽屋』については、俺も手の者に調べさせている」

「さすがは伊藤様。心強いです」

「それにしても、境内で殺しとは、殺った奴は神仏を恐れぬ、とんでもない奴なんだろうな。どんな面か見てみたいぜ」

「私も不思議に思ったのですがね、『丹波屋』も『津軽屋』も、頼母子講にも関わっている〝恵比寿教〟の信者なのに、別の神様を祀っている神社に参拝するとは、どういうことかなって……」

「『丹波屋』もそうなのかい……」

「ええ。神田明神ですけどね。他のふたりは知りません」

「ふむ……そういや、俺が聞いた中でも、咳き込んで死んだ商人は、参拝に出たときだった……もしかしたら、殺し屋が上手く、人気のない所に呼び出したのかもしれないな」

　そう言ってから伊藤は、ズズッとわざと大きな音を立てて蕎麦を啜った。ふたりの話を人に聞こえにくくするためだが、伊藤は噎せてゲホゲホと咳き込んでしまった。思わず錦は後ろに廻って、背中を撫でながら、

「大丈夫ですか……急いで食べるからですよ……」

「いや……死ぬかと思った……」

冗談めいて伊藤が言ったとき、ふっと錦の脳裏に何かが浮かんだ。

「――そう言えば……『丹波屋』さんの後ろ衿に……粉薬のようなものが付いていて、それが緑色に変わった……」

「え……？」

「水とかに溶けたりすると、色が変わるのはよくあることです。なので、『丹波屋』さんが飲まされた薬も、元は白いと考えてもいいのですが……どうやって飲ますのかと思ってましたが、こうすれば意外と簡単ですね」

錦はいきなり背中に抱きつくようにして、手拭いを伊藤の口と鼻に当てた。

「お、おい……」

すぐに錦は手を放したが、伊藤は思わず深く息を吸って、また噎せた。

「ね……人は口や鼻をいきなり塞がれると吃驚して、とっさに息を吸い込むんです。だから、粉末の毒なら無理に飲まさなくても、こうして勝手に……屈強な伊藤様に対しても、非力な私が難なくできました」

「先生は非力とは思えないがな……」

「今のはあくまでも、私の推測にすぎません。とにかく、その毒の正体を、〝がはは先生〟に調べて貰いたいんです」

ぜんぶ蕎麦を食べ終わらずに立ち去る錦を、

「蕎麦湯がまだなんだがなあ」

と言いながらも、追いかける伊藤であった。

四

〝がはは先生〟こと山本宝真の診療所は、猿江西町にあった。ここは、かつて捨て子が多く、貧しい地域だったが、桧垣巧兵衛（ひがきこうべえ）という町会所廻りの与力が命がけの尽力をして、当たり前に暮らせる町にしたのである。

宝真は、桧垣の遺志を継ぐかのように、この町の人びとを救うために、医療をもって貢献していた。ゆえに今日も、町内の住人に限らず、近在からも病で辛そうな体を引きずってきた患者が、ずらりと並んでいた。

錦も学ぶべき姿勢だと、常々思っていた。

「毎日、大変なのにどうもすみません……例の件ですが……」

申し訳なさそうに錦は訊くと、伊藤が同行しているせいもあってか、

「こっちも気になっていたことだからな、色々と調べてみた……初めは、南蛮渡りのヒマの実、つまり唐胡麻（とうごま）だな、それから作られた毒かと思った。これは、油のような液でも固形でも、粉末でも使える」

「ヒマ……」

「無色だというのも当てはまる。しかも、無臭……だが、緑に変わることはないと思う。しかし、これは遅効性ゆえな、いきなり咳き込んで死んだということとも、ちょっと違う気がする。もっとも量によるがな」

真剣に話す宝真の顔を、錦は食い入るように見ていた。傍らでは、伊藤も腕組みで苦々しい顔で聞いている。

「ヒマの毒でも、発熱や咳、息苦しさが続くが、それは吸ってから数時間後に起こることが多い。だから逆に、密かに人を殺すには使いやすい。いつ、誰がやったか分からないからだ」

「では、ヒマの毒ではないと……」

「しかも、自分も吸うと危ないからな。よほど扱いに慣れてないと難しかろう。もちろん、急激に大量に吸い込んで、衝撃で急に胃や腸が壊死し、出血して死ぬことがある。だが、『津軽屋』を検屍した限り、その症状はなかった」

「はい。『丹波屋』さんも同じでした」

「俺は、ヒマじゃなくて、枇杷の種から作ったものじゃないかと踏んでおる」

宝真が確信に満ちた顔で言うと、錦もなるほどと頷いて、

「枇杷……たしかに、枇杷、梅、桃などの種子には毒があるから食べるなと、子供の頃によく聞きました。しかも、これらの種は歯で噛んでも割れないくらい硬い」

「熟してないのが危ない。これを砕いて粉末にすれば、ほんのわずかな量でも死に至らせることができる」

天然の有害物質だが、今でいうシアン化合物である。つまり、青酸だ。

吸い込むと、喘鳴、頭痛や目眩、嘔吐、痙攣、そして呼吸困難に陥り、死に至る。しかも、体内吸収が速く、皮膚からでも入るし、汗によってさらに吸収力が上がり、一気に窒息状態になるのだ。

「しかも、体内が変色することもある。もっとも、これは粉薬が変わるのではなく、

害を受けた皮膚や血道が緑がかった青色に変わるから、そう見えるのだろう」

「そうでしたか……」

「だがな、使うには難点があって、近づけると独特の臭気がある……妙だなと相手に気づかれるかもしれぬな」

「そうですよね……しかも自分も吸い込むかもしれませんものね」

「ああ。考えようによっては、一か八かの殺し方だな。だが、余程のことがない限り、腑分けまでして、毒物を探すことはするまい。突然死として扱われても、まあ不思議ではないだろうからな」

「恐ろしいことを……」

錦が暗澹たる思いになったとき、嵐山が駆けつけてきた。

「やはり、ここでしたか。〝鞘番所〟も覗いてみたんですけどね……それより、伊藤の旦那。心当たりの女がいやしたぜ」

実は伊藤は、独自に探索中、『津軽屋』宇兵衛が参拝中に倒れた頃、富岡八幡宮の裏手から小走りに逃げる女の姿を見た者がいると摑んでいたのだ。

「暗いから顔はハッキリとはしなかったけれど、鰻の蒲焼きの匂いがした……って、すれ違った者が言ってたとか。それで、近場の店などを探してみたんですが……」

「いたのかい？」

「まだ、ハッキリはしやせんが……旦那、とにかく来て下さい」

誘われるままに来たのは、中川船番所近くの川魚料理屋の『小関』だった。伊藤と一緒に、錦も同行した。

昼時であるし、かなり繁盛している様子を少し離れている所から見ながら、調べたことを、道々、話してきた。『津軽屋』が死んだ夜にも、お光が何処かへ出かけていたのを、船番所の役人が見かけているのだ。

暖簾の中は大勢の客でごった返しており、いつものように、お光も愛想良く、動き廻っていた。その姿を見て、伊藤は何かを納得したように頷いて、

「蒲焼きの匂いがするってことは、それを持っていたのかもしれないな。枇杷の種の粉末の匂いを消すためか……」

と言いながら、錦を誘って、店に行こうとした。

「――旦那、俺も丁度、腹が減ってて……」

嵐山が言いかけると、伊藤は苦笑いをしながら、

「鰻だぜ……気をきかせろよ。おまえは、怪しいことがないか、裏から見張ってな」

「そんな殺生な……」

腹の虫が鳴く嵐山に、さらに伊藤は突き放すような顔になって、

「毒が入ってるかもしれないぞ」

と言いながらも、錦とふたりで向かった。

暖簾を潜った途端、お光は八丁堀同心の姿を見て、一瞬、目が凍ったようになった。伊藤も錦もそれを見逃さなかったが、素知らぬ顔で、空いてる席に座ろうとしたら、

「すみませんねえ。もう昼の分は、売り切れてしまったんですよ」

と、お光が申し訳なさそうに言った。客たちもほとんどが食べ終え、勘定を済ませて出ていくところだった。

「前に一度だけ来たことがあるんだ。中川船番所の田原様に連れられてな」

「ああ、そうでしたか……」

「一々、顔なんか覚えてないよな、こんなに繁盛してるから。俺は〝鞘番所〟に詰

めてる本所廻りの伊藤ってもんだ」

「これは、お世話になっております。わざわざ来て下さったのに……」

「ちょっとだけ頼むよ。捌いて蒸して焼くのは大変だろうが……せっかく、俺のコレを連れてきたんだから」

後ろに控えている錦を見て、お光は軽く挨拶したが、夕方の仕込みのために休憩を入れるのだと丁重に断った。

「そうか、ならば仕方がない……夕方に出直すとするか」

伊藤が諦めようとすると、厨房から颯太が顔を出して、

「姉貴。俺たちの賄いの分があるから、案内してあげてくれ」

と声をかけた。

「え、でも……おまえだって朝から何も食べてないし……」

「いいから。お客さんなんだから」

「——そうかい。おまえが言うなら……ああ、そうだよね。失礼しました」

お光は気を取り直したように、奥の小上がりに案内した。ふたりの風情は、傍からは、なんとなく理無い仲に見えた。

やがて、鰻重と肝吸いを、お光が運んできた。当時は、浅蜊(あさり)を使った深川飯と同様、丼で出す店がほとんどだったが、船番所に出前を届けることもあったので、運びやすいように重箱にしていたのだ。

蓋を開けて、ふんわりと甘辛い湯気が匂い立つと、伊藤も錦も思わず微笑んだ。このような美味しそうなものを作る人が、殺しをするなどとは到底、思えなかった。

だが伊藤は、箸を付ける前に、お光に声をかけた。

「まさか、枇杷の種は入ってないよな」

「えっ……？」

「山椒ならピリリとしていいが、枇杷の種の粉なら、一発で死んでしまうからよ」

唐突なことに、お光は吃驚したような顔で、ふたりを見ていたが、

「あ、すまん、すまん。今、そんな事件を調べてたのでな。ほら、この前、富岡八幡宮の参道で、札差『津軽屋』の主人が、急に咳き込んだ挙げ句、死んでしまったんだ」

「そんなことが……」

「定町廻りの調べでは、どうやら毒を吸わされたらしくてな。その話を聞いたばか

りだから、すまねえ。こんな美味い鰻を目の前にして……なんだか因果な商売だ」

　と言いながら、美味そうにパクパクと食べ始めた。伊藤は、大丈夫だというような視線を錦に送った。錦も箸をつけながら、

「弟さんですか、厨房の方……」

「え、ええ……母親は同じなんですが、実は父親が違うんです。あまり似てないから、よく年の差のある夫婦に間違われるんですよ。それで、いつも船番所のお役人さんたちにも、からかわれてます」

「そうでしたか。物凄く繁盛しているので、一度、食べてみたかったんです。噂どおり、いえ、それ以上の美味しさですね」

「ありがとうございます。そう言って下さるのが、何よりの励みです」

「――はあ……美味しい……ちょっと、お酒を貰ってもいいかしら、ねえ、旦那ア」

　と甘えた口振りで頼む錦に、伊藤も頷いて二合徳利を頼んでから、

「女将さん……まだ仕事中なんだけど、上役の与力のことを知ってても内緒だぜ」

「分かりました。ごゆっくり……」

そんなふたりの様子を——。

店の外から見ていた嵐山は、こんちくしょうという思いでいたが、その背中をバシッと叩かれた。振り返ると、佐々木が立っていて、同じように苛立った顔で、

「どういう訳だ、ありゃ。なんで、伊藤が錦先生と鰻なんかを！」

と悔しそうに言った。

「あっしも同じ思いですよ。あのふたり、絶対できてやすよね、佐々木の旦那」

「めちゃくちゃ腹立つが……やはり、あのお光が怪しいのかい」

「ええ。少なくとも何か知ってる。きっと、伊藤様が何か摑んできますよ。それより、佐々木様、神田明神の方はどうなりやした」

「それだがな、驚き桃の木枇杷の木じゃないが、よく調べてみると、そこでもお光らしき女の姿が見られていた。薬種問屋の『丹波屋』要左衛門が死んだ日にも、出かけているところを船番所の門番が見ていたんだ」

「ふたつの事件は繫がりましたね」

「恐らく、他のもな……それにしても、ちくしょう……伊藤のやろう、鰻に毒を盛られて死にゃあいいのにッ」

佐々木はもう一度、嵐山の背中を叩いて、苛々を発散するのであった。

五

夕餉の最後の客を見送って、暖簾を店の中に下げたとき、格子窓からひらひらと飛んできた折り鶴が、お光の足下に落ちた。

厨房で片付けをしている颯太の後ろ姿を確かめるように見てから、お光は裏口から外に出て、折り鶴を開くと、月明かりで探るように書かれている文字を見た。いつもの細い達筆で、

――炭問屋『石橋屋』理右衛門。四十三歳。五尺四寸、丸顔、小肥り。明日暮れ五つ、鳥越明神。

と書かれている。

お光は口の中で繰り返し、破って捨てようとした。その手をガッと摑まれ、折り鶴にしていた千代紙を奪われた。驚いて振り返ると、颯太であった。

「いつから、こんなことをしてたんだい」

「えっ……」

「昼間、本所廻りが訪ねてきただろう。あの伊藤洋三郎ってのは、以前は定町廻りや隠密廻りにいて、その前は吟味方にいた。でもって、北町奉行遠山左衛門尉の肝煎りだ」

「……」

「一緒に来ていた女は、番所医だ。しかも、前の吟味方与力・辻井登志郎の屋敷に居候している。伊藤は、辻井の右腕とも言われていた同心だからな……姉貴のことを、探りに来たんだよ。疑われてるんだ」

低い声で言って、颯太はお光の手を摑んだまま、店の中に戻った。しっかりと戸締まりをして、二階に連れて上がり、

「――俺も知りてえ……『津軽屋』が死んだのは、姉貴のせいなのかい」

と訊いた。

黙ったままのお光に、颯太は真剣なまなざしで見つめながら、もう一度、尋ねた。

だが、お光は優しい声で、

「颯太が心配することじゃないよ。そんなことより、どうして、おまえ……」

「伊藤のことを知ってるかって?」

「ああ。たしかに、もう少し小さい頃は、おまえも悪さをしてたけれど、お上に世話になるようなことはしてない。ええ、私が絶対にさせなかったからね」

「何を言ってんだい……」

苦笑した颯太は、千代紙を自分の袖の中に仕舞って、

「この店は、船番所の役人で持っているようなものだ。お上のことは色々と耳に入ってくるよ。特に本所廻りのことはな。船手と町方じゃ、縄張り違いで敵対してるからだろうが、特にあの伊藤洋三郎は評判が良くない」

「評判が良くない……」

「逆に言えば、かなりの切れ者だよ。姉貴は、伊藤に睨まれたんだ。下手に動かない方がいい。この店も張られていると思うぜ」

颯太がしっかりした口調で、目上の姉に諭すように言った。

「いつから、やってるんだい」

「……」

「たったふたりの姉弟(きょうだい)じゃないか。余計なことは絶対に誰にも喋らないから、教え

てくれないかな」

いつもの明るい表情が、お光からすっかり消えて、今にも死にそうな顔になった。

そのお光を労るかのように、颯太は訊いた。

「もしかして、おっ母さんなのかい……その折り鶴を投げ込んでいるのは」

「まさか」

「じゃ、誰なんだい。姉貴が素直に言うことを聞く相手は、他に思い当たらないんだ」

あまりに純粋な目をしている颯太を見ているうちに、お光は辛そうに目を細めて、

「——誰にも内緒だよ」

「ああ……」

「私があの世に送った『丹波屋』や『津軽屋』は、どうしようもない極悪人なんだ」

「極悪人……？　だって、けっこう名のある大店の主人じゃないか」

「あんたは、まだ子供みたいなものだから分からないかもしれないけど、世の中には、人のことを虫けらのように思っていて、人を人とも思わずに虐げる輩がいる。

それどころか、平気で殺す奴もいる……『丹波屋』や『津軽屋』は、そういう人間なんだよ」

「……」

「奴らは、気に入らない奴を殺してきたんだ。てことは、自分も気に入らない奴から殺されても、文句は言えないでしょうが」

屁理屈だが、お光は平然と言ってのけた。それでも、颯太も肝が据わっているのか、姉の話を黙って聞いていた。その上で、反論したいという面構えである。

「〝恵比寿教〟という、人を騙して金を集めている一団があるのは知ってるだろ……あの教祖様ってのは、おっ母さんなんだよ」

「えっ……？」

言っていることが分からないとばかりに、颯太は首を傾げた。

「おっ母さんが……邦女（くにじょ）と名乗って、〝恵比寿教〟を始めたのは、おまえが生まれる少し前のことだ」

「……」

「それまでは、食べるのに困って、男をたらし込んでは、金目のものを手にしてた。

飽きたり、喧嘩したりしたら、他の男に替える。けっこう綺麗な人だったからね。男もつい情けにほだされて……つまりは金のために、誰とでも寝てたような女さ」

お光は同情めいた表情になって、颯太の顔を見つめ、

「だから、おまえのお父っつぁんが誰かも分からない。もちろん私のもね」

「姉貴のお父っつぁんもかい……」

「ああ。物心ついたときには、おっ母さんは毎日のように違う男を連れてきてたからね。私が、『お父っつぁんは誰？』と訊いても、『私が産んだ娘なんだから、父親なんか誰だっていいじゃないか。おまえは大事な私の娘だよ』……そんなふうに言うだけだった」

「ふん……俺は物心ついた頃には、おっ母さんもいなくなってたがな」

吐き捨てるように颯太が言うと、お光も頷いて、

「覚えてるよ。信州の何処だったか山奥の村にいたときだ……とんでもないくらい大雪が降った日だったね……おっ母さんが旅の男といなくなったのは」

「……」

「その男ってのは、白山かどこかで修行をした山伏とやらで、おっ母さんには霊力

があって、褒めちぎった」

「見た覚えがあるよ。目の前で、丼を宙に浮かせてみせた」

「あれは子供騙しもいいところでね。袖の下に箸を添えてるだけのものさ……でも、その山伏とやらは色々な、人を騙すカラクリ術を持っていて、物が消えたり増えたり、物を一瞬にして何処かへ移したり……手妻の類なんだろうが、いい大人が吃驚してた」

　自分も本気で信じていたと、お光は自嘲気味に笑って、

「でも不思議だねえ……おっ母さんは本当に自分には霊力があると思い込んで、「その男といると幸せになれるからって、私たちを置いて、自分だけが何処かへ行っちまった」

　ふたりは村長の親戚に育てられたが、なんとなく居づらくなり、まだ五歳くらいの颯太を連れて、お光は飛び出した。十七歳になっていたお光は、女だてらに普請場の人足もしたし、船頭の真似事もしたし、茶屋娘もした。とにかく金になることをしないと、姉弟は食うことができなかったからだ。

「でも、体だけは売らなかった。おっ母さんみたいに、薄汚れた女にはなりたくな

かったからね……惚れた男のひとりやふたりはいて、一緒になろうかって話はあったけど……」

「俺がいたから、駄目だった」

「関係ないよ。縁がなかっただけだよ……」

ふうっと溜息をついて、お光の目つきが少し鋭くなった。

「覚えてるだろ。この店を開いてすぐ、何処でどう探してきたのか、おっ母さんが現れたことを……なんだか知らないけれど、キラキラした着物を纏って、金剛杖みたいなものを手にして、『苦労してきた、おまえたちにも恵んでやる』と五十両ばかり置いていった」

「……」

「私はいらないと言ったけど、『受け取れ』とだけ言って、取り巻きの妙な男たちと一緒に立ち去った……罪滅ぼしのつもりかね」

冷笑を浮かべたお光は、おもむろに立ちあがると、戸棚の引き出しを開けて、

「ほら」と封印小判をふたつ差し出した。

「おっ母さんがくれたものだ。好きなことに使えばいいよ。それから……」

と押し入れを開けて、奥の方から壺を取り出して、中を見せた。そこには、やはり小判がドッサリと入っている。

覗き込んだ颯太はエッと目を見開いた。

「おまえにやるよ。二百両はあると思う……これまで、私が人殺しを請け負ってきた代償だよ。悪いことをして金を稼いだとは思っていない……世のためにならない輩に、天罰を下しただけだからね」

「！……」

颯太は薄々、勘づいていたこととはいえ、あまりの話に身震いした。その姿を見ながら、お光はまた自らを蔑むように、

「体を売ってきたおっ母さんと、魂を売ってきた私と……どっちが汚いかねえ……」

「……」

「大丈夫。おまえの知らないことだから、この金は好きに使いなさい」

「あ、姉貴……」

「私は……私は最後の仕事をして、伊藤の旦那に捕まるよ……あの女医者も、枇杷

の種から作った毒と見破ったのなら、大したもんだ……いずれお縄になるなら、ジタバタしないで処刑されたいよ」

覚悟を決めた言い草のお光に、寄り添うように颯太は手を伸ばして、

「もうよしなよ……黒幕は誰なんだい」

「さあ。私もよく分からないし、知ってても言えない」

「だったら、金を持ってトンズラしようじゃないか。誰か知らない奴の言いなりに人殺しなんて……もうやめてくれ」

「無理だよ。一度、地獄に足を踏み込んだ限りはね」

「――そんな……」

「それにね……やらないと、おまえが殺されてしまうんだよ」

「！……俺が人質だってことかい」

「いや、そういうわけじゃないけど……分かったよ。これで、最後にするよ」

お光はそう言ったものの、必ずまた殺しをするつもりであろうと、颯太は察していた。なんとしても止めたいと考えているようだった。

六

炭問屋『石橋屋』は、浅草御蔵から程近い掘割沿いにあった。この前亡くなった札差『津軽屋』の店も町内同然である。

佐々木がひとりで、ぶらりと入ってきたとき、帳場にいた主人の理右衛門は、厄介な奴が来たとばかりに眉間に皺を寄せた。小肥りの体を窮屈そうに動かして、金庫から小判を二、三枚、手にすると、

「お勤めご苦労様です。佐々木様のお陰で、今日も江戸の町は安泰でございます」

と明らかなおべんちゃらを言って、手渡した。遠慮なく佐々木は袖に入れてから、

「変わった様子はないか」

「いえ、何も……」

「ここだけの話だが、次はおまえだってことだ。出鱈目ではない。〝鞘番所〟に投げ文があったのでな、報せに来てやった」

なぜか佐々木は、折り鶴を開いた千代紙を持参して見せながら、

「心当たりはあるだろう」

と顔を覗き込んだ。理右衛門は千代紙にしたためられた達筆を見て、「えっ……」と思わず息を呑んだ。

「薬種問屋『丹波屋』要左衛門に、札差『津軽屋』宇兵衛……その前には、油問屋『笹野屋』甲右衛門と縮緬問屋『近江屋』朔兵衛……他にも何人かいるようだが、こっちでハッキリと把握しているのは、今のところこいつらだ」

「……」

「分かるよな。みんな〝恵比寿教〟の信者とやらで、不審死を遂げた……だが、奉行所の調べでは、殺しだと断じられた」

「えっ……ええ！」

「誰かが、おまえたちを闇に葬ろうとしており、次はおまえの番ってわけだ」

「そ、そんな、馬鹿な……」

「他の者たちのように殺されたくなければ、どんな悪さをしてきたのか、おまえたちとグルになっている〝恵比寿教〟の教祖様とは誰なのか、一切合切、白状しな」

脅すように迫られた理右衛門は打ち震えながら、佐々木を離れに通して、そこにある祭壇を見せた。何処にでもある神棚だが、大きな鯛を抱え、釣り竿を持っている恵比寿像が祀られている。恵比寿は、七福神の中で唯一、日本の神様で、伊弉諾尊(いざなぎのみこと)と伊弉冉尊(いざなみのみこと)の間に生まれた神様だと言われている。

　恵比寿を信心することで、商売繁盛が叶うという従来の意味だけではなく、特別な霊力によって金が集まるという教えを、教祖の邦女は伝えているという。

　だが、神棚には仏事で行われる〝散華(さんげ)〟のように、蓮の花びらが撒かれたような紋様の布が掛けられている。神仏混合の風習だとはいえ、佐々木は違和感を覚えた。だが、理右衛門は当然のように、毎日、手を叩いて拝んでいたという。

「さらに儲かることを祈願して、こっちは金を積み立てて、教祖に渡しているんです。そういう商人は何十人もいると思います」

「馬鹿じゃないのか、おまえたちは」

「でもね、商売が上手くいかなくなると、藁(わら)にも縋(すが)る思いになります。ところが、邦女様の霊力は本当で、あっという間に運気が上がって、儲かるようになるんです」

「おまえ、まことの商人か」

佐々木は呆れ果てて、〃恵比寿教〃のカラクリを教えた。

「町奉行所でも前々から調べていたのだがな、邦女というのは騙り女だ。その昔、誰かから習い覚えた手妻を使って、まるで霊力があるかのように見せかけたのだろう。たとえば、おまえの蔵に、あっという間に小判が降ってくるとかな」

「ええ、そのとおりです……」

「そんなわけないだろうが。邦女の後ろには、どうやら大店……こっちの調べでは、おそらく深川の材木問屋『日向屋』……がついていて、〃頼母子講〃という名で金を集めている」

「は、はい……『日向屋』さんは、信者肝煎りです」

「やはりな。〃講〃なんてのは知ってのとおり、問屋仲間が金を融通し合うための仕組みだが、その元金（もとがね）として、商家に『もっと儲かるぞ』と声をかけて、金を出させているんだ」

「……」

「そのために、〃恵比寿教〃に入れば、必ず霊力で儲かると、いわば催眠にかけられ、おまえたちみたいな馬鹿な商人が、元金を差し出すんだ」

理右衛門は黙って聞いていたが、思わず反論した。

「でも、うちだって、すぐに儲かるようになった。あんなに売れなくなっていた炭が、嘘のように売れて大繁盛した」

「本当に馬鹿だな。町奉行所は、市中取締諸色調掛りが毎日のように調べているが、値が高いときには買い控え、安くなりゃどっさり買う。誰かが、その値を調節していたり、買い占めたりしていたから、おまえの店が困っていただけだ」

「……」

「それくらい、おまえだって薄々、勘づいていただろう。でだ、殺された商人たちは、〝恵比寿教〟の神通力に疑いを持った。元金を返して貰いたくなって、教祖の邦女に交渉をしようとした……しかし、相手はまったくの無視」

佐々木は十手をぐいと突き出して、

「そこで、文句を垂れようとした商人たち……つまり、『丹波屋』や『津軽屋』は、何者かに早手廻しに消された……ってことだ」

「消された……」

「手を下したのは、金で雇われた殺し屋の類だろうが、命じたのは教祖であり、その背後にいる『日向屋』の主人、新左衛門……と思われる。まだ探索中だがな、間違いない」

そこまで佐々木の話を聞いて、理右衛門はどうして、その話を自分にしたのかと疑念を抱いたが、佐々木はそれを察してすぐに答えた。

「この千代紙に書かれているとおりだとしたら、おまえは明日の夜、命を狙われる。狙いに来た奴を、俺たちがとっ捕まえて、その背後にいる者を引きずり出す」

「私に、囮になれと……」

「そういうことだ。おまえの仲間がすでに何人も殺されているのだ。嫌なら、町奉行所も無理には手を貸さぬが」

駆け引きをする佐々木に、理右衛門は何度も頷きながら、

「殺される前に、捕らえてくれるんですよね。必ず助けてくれるんですよね」

「むろんだ」

「信じていいんですよね。『丹波屋』さんや『津軽屋』さんが立て続けに死んだのは、おかしいと思ってましたが……そういうことでしたか。ああ、恐ろしや恐ろしや」

「だが、てめえの欲が招いた結果でもある。その話も後でじっくりと聞く」

佐々木は脅しをかけて、殺し屋が出向いてくるのを手ぐすね引いて待つことにした。

翌日の夜——。

理右衛門のもとに、材木問屋『日向屋』から使いの者が来て、近くの鳥越明神に来るようにとの指示があった。『日向屋』主人の新左衛門は、〝恵比寿教〟の肝煎りだから、逆らうことはできない。

佐々木たち町方役人や岡っ引ら十手持ち、さらには捕方も、鳥越明神の周りに潜んで、殺し屋を待ち構えている。絶対に取り逃がさないと約束をしてくれた、大丈夫だと自分に言い聞かせて理右衛門が来ると、すでに本殿の前に誰かがいて、拝んでいる。

「あなたですか、『日向屋』さんの使いとは……」

と声をかけると、振り返ったのは——颯太であった。

「誰だい。『日向屋』ってんは」

「えっ……ち、違うんなら、いいです」

「もしかして、『日向屋』ってのに、呼び出されたのかい、理右衛門さん」

「⁉︎——あ、あんたは、だ、誰なんだ」

「どうせ、おまえもろくでなしなんだろ。死ねえ！」

颯太が、鰻に使う刃物を取り出し、大声を上げて飛び掛かると、

「ひええ、助けてえ！」

と理右衛門は逃げようとした。

その背後から、颯太が羽交い締めにしたとき、佐々木を筆頭に、嵐山や捕方たちが一斉に、本殿の裏や物陰から飛び出てきた。颯太は百も承知していたような面構えで、

「ぶっ殺してやる！　みんな、ぶっ殺してやるから、かかってこい！」

と挑発した。しばらく猿のように跳びながら逃げていたが、大勢の捕方が刺股や袖搦で制して、石塀に押しつけると、颯太は観念したように刃物を投げ捨てた。

佐々木はその顔をじっくりと見て、

「ほう……やはり『小関』のガキか……たっぷり絞り上げてやるから、観念するんだな。おい、しょっ引け！」

と命じると、嵐山は強く縄で縛り上げた。

浅草御門前の大番屋に連れて来られた颯太は、佐々木に責められる前に、

「申し訳ありやせんでした。すべて俺がやったことです」

と謝った。

「白状するっていうのか」

「はい……」

「なぜ、こんなことをした。恨みでもあったのか」

「別に恨みはありません。ただ金で雇われて、殺しただけです」

「金で雇われただと？　誰にだ」

「知りやせん。たとえ知っていても、それを言わないのが、俺たちの掟です」

「これのことか……？」

佐々木は例の千代紙を見せて、

「おまえが投げ込んだんじゃないのか、〝鞘番所〟に……で、今日のことを、わざわざ報せたってわけか、おい」

「知るけえ、そんなもん。俺は雇われただけだが、人を殺めたことは違いねえ。打

首でも獄門でもしやがれ」

居直ったように怒鳴る颯太の顔を、佐々木はまじまじと見ていたが、

「そう簡単に死罪にはしないんだよ。おまえが殺したって証拠があって、お奉行様がお白洲を開いた上で、死罪なら評定所にもかけて、お裁きしなきゃならないんだ」

「俺がやったって言ってるじゃねえか」

「今までの殺しは、すべて毒でやられてるんだ……こんな刃物で刺しゃ、すぐに殺しってバレるじゃないか。本当に、おまえは〝闇の人殺し〟なのか？」

「そう言ってるじゃねえか」

「姉のお光は知ってるのか。おまえが、こんなことをしたってことを」

「知らないよ。俺が勝手にやってるだけのこった。毒なら……枇杷の種で作った毒だよ。俺は仮にも板前だ。そんなもの作るのは朝飯前なんだよ、分かったか」

「ふうん、そうかい。だったら、どうして今日は、そんなもので狙ったのだ」

「それは……毒を切らしてたからだよ」

「なるほど。なら仕方がないな。手段は選ばないってやつか」

「そういうこった」

ふて腐れたような颯太の言い分など、佐々木が聞くわけがない。

「まあ、一晩、牢部屋で頭を冷やしな。ここは大番屋だからよ。明日は吟味方与力が来て、じっくり取り調べられるから、本当のことを話せるよう、ゆっくり寝ておくんだな」

「本当に俺がやったんだ。今すぐ、首を刎ねやがれ、おらッ！」

大声で叫ぶ颯太に猿轡を嚙ませた嵐山は、縄で引きずるようにして、奥の牢部屋に連れていくのだった。

七

その夜遅く、格子窓から差し込む月の光と川風に、食台に頭を伏して寝ていたお光が、ふっと目覚めた。

暖簾は店内に片付けられたままで、明かりひとつついていない。

――あっ。

お光は寝惚け眼を拭うようにして立ちあがろうとして、くらっと体が崩れそうになった。それでも踏ん張って、店の外に出ようとしたとき、店の片隅から声がかかった。

「何処へ行くのですか」

ドキッと驚いて振り返ると、薄暗い所に、錦が座っていた。

「だ、誰……」

「私です。番所医の八田錦です……伊藤洋三郎様と一緒に、この前、ここの鰻を……」

錦の顔をまじまじと見て、お光は気味悪げに後退りした。

「もう二刻も前に来たのですがね、あなたは眠り薬でも飲まされたのか、気持ち良さそうにすうすうと寝てました」

「眠り薬……」

お光は目の前の食台に、湯呑みがあるのが目に止まった。それは、店を開く前に、いつも飲む茶で、颯太が淹れたものだ。

「まさか、颯太が……」

　お光の歪む表情を、錦は凝視しながら、

「店も開けていないし、変だなと思って、伊藤様に頼まれてあなたの様子を見ていたのです。もし容態が悪くなれば処置しなければいけませんのでね」

「――私は一体……」

　不思議そうに見廻すお光に背を向け、錦は蠟燭に明かりを灯した。お光の顔色は青ざめていて、化粧っけのない錦よりも、全く精気がなかった。

「もう夜の五つはとうに過ぎてますよ。本当は、蠟燭を灯してもいけない刻限です」

「えっ……どういうこと……」

　一瞬、頭の中が混乱したのか、お光は座り込んで、錦を睨むように見た。しばらくして立ちあがると、

「このままでは、颯太が……そういえば、颯太は……颯太は何処……!?」

「あなたが眠っている間に、炭問屋『石橋屋』の主人を狙いに駆けつけたようですよ」

「え……ええ!?」

さらに動揺したお光を、錦は落ち着かせるために、気付け薬を飲ませようとしたが、乱暴に拒まれた。颯太のことが心配で、今にも飛び出して行きそうだったが、錦はしっかりと抱きしめるようにして、もう一度、座らせた。

「大丈夫です。颯太さんは、誰も傷つけておりません」

「……」

「でも、事情を調べられるために、北町奉行所の同心に捕らえられています」

状況はまだ充分に把握できていないようだが、颯太は自分に眠り薬を飲ませ、代わりに『石橋屋』を狙いに行ったと、お光は思った。折り鶴の千代紙を奪われたことを、脳裏に思い浮かべたからだ。

「――颯太……なぜ、そんなことを……」

愕然となるお光に、錦は優しく語りかけるように、

「あなたに、これ以上、人殺しをさせないためだと思いますよ」

「！……」

「枇杷の種の粉で作った毒は、この家の中から見つけ出して、もう伊藤様が、北町奉行所に届けに行ってます。あのような危ない毒を作ってまで、どうして殺さなけ

ればならなかったのです……たとえ、それが誰かに命じられたことだとしてもです」

錦の言葉遣いは穏やかだが、いきなり話の核心を突かれて、お光は狼狽したように、唇が震えていた。

「あなたが手にかけたことは、間違いのないことだとしても、もしなんらかの理由で、やらざるを得なかったとしたら、遠山奉行は罪一等、減じると思います」

罪一等を減じられたところで、〝死刑〟には変わりはない。だが、獄門や磔と、ただの死罪では残された遺族への世間からの風当たりが違うし、お上からの対処も変わる。つまり、この店の存続にも関わるのだ。

もっとも、お光が金で雇われた人殺しであることが明らかになれば、料理屋を営み続けることなどできないであろう。それを承知の上で、錦は言った。

「私にできることなど限られていると思います。でも、遠山様は『罪を憎んで人を憎まず』のお考えの御仁です」

「……」

「私が世話になっている辻井登志郎様も、吟味方与力として厳しい人ではありましたが、思いは同じでした。ですから、よほどの事情がある者には情けをかけ、死罪のところ遠島になった者もいます。お白洲とは真相を暴くために執り行うものですが、最後のお裁きはお奉行の胸三寸なのです」

そう言われても、お光は絶望のどん底に沈んでいた。

「私のことは、どうでもいいです……颯太に……颯太に何かあったら、私はもう……」

「颯太さんは、どうしても、あなたを止めたかったのではありませんか。これ以上、望みもしない罪を犯すことを、見ていることができなかったのではないでしょうか」

「うう……」

自分を見失ったように嗚咽しながら、掌を涙で濡らすお光に、錦は訊いた。

「本当は、誰に命じられているか、あなたは知っているのではないですか。それは、どうしても、逆らえない人なのですか」

「……」

「あなたに殺しをさせた人を、お白洲に引っ張り出すことができれば、あなたのことも……そして、何より軽率なことをした颯太さんを救えると思うのですが……」

「そ、颯太……」

お光はまた遠い昔の雪の日のことを思い出していた。

朝、目覚めて気づいたときには、母親はもういなかった。ただ、家の前から遥か遠くまで、雪にしっかりとついている足跡だけは明瞭に残っていた。しばらく家に逗留していた山伏と母親のものだということは、分かっていた。

——捨てられた……。

はっきりと、お光は感じていた。ずっと山伏といちゃついていた母親の姿を、払拭するかのように、目の前の雪を摑んで投げた。幼い颯太は、まだ眠りの中だった。

——なんとかしなきゃ……なんとしてでも、ふたりで生きていかなきゃ。

幼心に、お光は心に刻んでいた。

「心当たりがあるなら、教えてくれませんか。それが、罪滅ぼしになりますよ」

錦のかけた声に、ハッとお光は我に返った。

「罪滅ぼし……？」

「ええ……」

「ふん。罪滅ぼしなら、母親にして貰いたいもんだね……私たち姉弟が、どんな思いをして生きてきたか……あの女はちっとも分かっていないと思う」

「……」

「今更、母親のせいにしたくはないけど、親に捨てられた子が、人に言えない思いをして暮らすことが、如何に辛いか……あの女には爪の先ほども分からないだろうがね」

捨て鉢のように言うお光に、錦は優しい声をかけた。

「心当たりはあるんですね」

しばらく、石像のように微塵も動かなかったが、お光は決心したのか、錦を案内すると店から連れ出した。真夜中で、中天の月には雲がかかっていた。

材木問屋『日向屋』は、同じ深川の洲崎の一角にあり、ずらり並ぶ深川の材木問屋街の中では、さほど目立つ店ではなかった。

だが、大横川に面しており、材木置き場の〝十万坪〟に近いことから、大勢の人足を集めて繁盛しているとのことだった。

真夜中だというのに、離れの一室は煌々と明るかった。護摩が焚かれており、密教の呪文のような声が洩れている。人が集まっている気配があり、裏手の篠戸から出入りしているようだった。

お光に誘われるままに、錦はそっと入っていった。近づくにつれ大きく聞こえてくる呪文の声は野太いが、女だと分かってきた。

離れの障子戸は、涼しい海風を取り込むためか明け放たれたままである。奥に鎮座している大きな恵比寿像に向かって、修験者のような白衣を着た女が、短い金剛杖を上げ下げしながら呪文を唱えている。背中まである長い白髪を振り乱しながら、

「――オンクロダノウ、ウンジャクソワカ……」

と唱えている。

錦は思わず噴き出しそうになった。これは真言宗などで、厠に棲んでいるという烏枢沙摩明王という神様に向かって、掃除をしながら「お願いします」と唱えるものだからである。それを集まっている商人たち数人が、有り難そうに手を合わせて聞きながら、声明のように一緒に唱えている。

やがて、金剛杖の鈴をシャリシャリと鳴らして、教祖であろう女は奇声を発して、

天井を見上げて手を掲げた。すると、恵比寿像から何百枚もの小判がジャラジャラと降るように飛んで、台座の下に散乱した。

まさに、蓮の花ならぬ小判の散華である。仏を讃えるために花や香ならぬ、小判をばらまいて清めるというのであろうか。教祖は散華師のように、梵唄、梵音、錫杖などの儀式のようなものを執り行った。ばらまいた小判は〝散華〟同様に勝手に持ち帰れるようだ。

商人たちは手当たりしだい小判を摑むと、「有り難や、有り難や」と立ち去ろうとしたが、水を差すように、錦が言った。

「そんなものが、降って湧くわけがないでしょう。どうせ偽小判に決まってます。でなければ、あなた方が差し出した元金の一部が、戻ってきただけですよ」

唐突に現れた錦に、商人たちは吃驚したように振り返った。

同時に——教祖の女もゆっくりと首を後ろに廻した。能楽の〝老女物〟に出てくるような風貌で、人を睨めるような目つきは、悪霊が取り憑いているようだった。

その瞳が一瞬、ギラリと光って、

「お光……」

と呟いたように唇が動いた。

すぐに、お光は教祖である邦女に近づきながら、

「おっ母さん。もう、このような騙りやまやかしはやめて。お金はぜんぶ、この人たちに返してあげて。そして、人殺しも二度と、させないでッ」

と悲鳴に近い声で迫った。

だが、邦女はニヤリと不気味に笑うと、錫杖を打ち鳴らしながら、

「皆の者。悪い霊が来て、あなた方の富を奪おうとしています。その女ふたりは、私たちの富に嫉妬し、災禍をもたらす輩です。さあ、みんなで追い払いましょう」

と声をかけた。

すると、商人たちは憑依したかのように、一斉に錦とお光に向かって近づいて、素手で殴ろうとした。錦は小手投げや足払いで次々と商人たちを倒し、時に鳩尾（みぞおち）を強く打ったり、頬を平手で思い切り叩いたりすると、ハッと我に返ったように目覚める者もいた。

「どうせ、何か薬を飲ませて、朦朧とさせているのでしょ。目を覚ましなさい」

錦は手加減せずに、亡霊のように襲いかかってくる商人たちを投げ倒しながら、

邦女に近づいた。

「ああ……」

危険を察した邦女は、護摩焚きで火がついている護摩木を一本摑むと、錦の方に向かって投げた。だが、錦は軽く躱すとひらりと跳んで邦女の背後に廻り、腕を捻り上げ、その場に組み伏した。

「な、何をするんだ。この罰当たりめが！　私を誰だと思っているんだ！」

邦女は絶叫したが、その声で却って、亡霊のようになっていた商人たちは我に返って、目を覚ました。

「何事だ……何が起こっているのだ……」

みんなそんな顔になって、目の前の状況を呆然と見ていた。

そこに、伊藤が数人の手下を引き連れて、ドカドカと乗り込んで来た。

「遅いですよ、伊藤様……ここのことは、目を付けてたはずでしょ。『日向屋』の主人も捕らえたのでしょうね」

「ぬかりはないよ」

伊藤は苦笑してから、その場にいる商人たちに向かって、

「おまえたちからも話を訊く。逃げても無駄だ。〝鞘番所〟まで連れていく。よいな」

　と強い口調で命じるのであった。

八

　北町奉行所のお白洲に、お光と颯太、そして、邦女の親子三人が打ち揃って、引きずり出されたのは、その翌々日のことだった。丸一日、大番屋にて、吟味方与力に尋問を受けて後、遠山左衛門尉が直々に詮議をした上で、裁くことになったのだ。

　正面の壇上に、遠山奉行が現れたとき、お白洲に座らされているお光は緊張のあまり、全身が打ち震えていた。あまりにも堂々とした姿勢で、一点の曇りもない表情に、お光は惨めな気持ちにすらなった。

　颯太は捕り物のときとは打って変わって、借りてきた猫のように大人しくしていた。邦女の方は長い白髪が乱れており、薄気味悪く不気味だった。

　傍らには、邦女を捕縛した伊藤と一緒に、錦も座っていた。

遠山は着座するなり、三人を眺め下ろし、

「吟味方与力によると、三人は親子だとのことだが、さよう相違ないか」

といきなり訊いた。誰も、すぐには返事をしなかった。

「どうだ。邦女……おまえが産んだ子らか」

「——分かりません」

「産んだ覚えはないのか」

「たしかに遠い昔、女の子を産み、その十年ほど後には、男の子を産みましたが、この子たちかどうかは分かりません」

邦女はそう答えた。お光はガッカリとしたように溜息をついたが、颯太はそっぽを向いたままだった。

「産んだ娘や息子はどうしたのだ」

尋ねる遠山に、邦女は面倒臭そうに上目遣いで、

「子供らを置いて家を出ましたから、今、何処で何をしてるか、知る由もありません」

「何故、子供を置いてきたのだ。しかも下の子は、まだ小さかったらしいが」

「ええ、そうですかね」

「他人事みたいに語るが、母親として申し訳ないと思わないのか」

「どうしてです？」

「自分の腹を痛めた子ならば、気になるのではないのか」

「ふん……それは殿方の感傷というものですよ。なぜならば、子供らの父親は何処かに姿を消して、何処の誰かも分かりません。惚れた相手の子でもないし、産み落としただけですよ」

いけしゃあしゃあと答える邦女に、遠山はわずかに感情を露わにして、

「酷い母親がいたものだな」

「父親の方がもっと酷いと思いますがね。私を手籠め同然に玩具にしただけで、煙のように消えてしまうのですから」

「そうか。おまえの子に対する気持ちはよく分かった。ならば、私も安心して、裁断できるというものだ」

遠山はそう言って、お光を見やり、

「お光……おまえは引き廻しの上、獄門に処する」

「えっ……」

さすがに、お光は絶望のどん底に突き落とされ、血の気が引いた。が、遠山は複数の人間を、報酬を得るために殺したことの罪は重いと言って、情状の余地はないと伝えた。

「分かっているだけでも、四人の人間が死んでいるのだ。余罪を明らかにするまでもなく、おまえは獄門に相応しい」

邦女は我関せずの顔をしている。チラリと一瞥して、遠山は言った。

「その代わり、おまえの不埒な罪を知って、自分がやったことだと庇おうとした弟、颯太はこの際、罪には問わぬ」

お光は心から安堵したように頷いて、颯太の横顔を窺った。しかし、颯太の方は暗澹としており、納得できない表情であった。

遠山はふたりの様子を見ながら続けた。

「理由は、殺しには一切、関わっていなかったこと。千代紙を〝鞘番所〟に投げ込んで、自分が下手人となって捕まろうとしたこと。そして、町方同心はその思いを利用して捕まえたこと。真相を明らかにするために、吟味方与力に知っていることを話して、協力したこと……などから無罪放免とする」

「――あ、ありがとうございます……」

お光は深々と頭を下げた。だが、颯太は憮然とした態度で腰を上げて、

「いや、俺も獄門に晒してくれ」

「控えろ、お白洲であるぞ」

遠山自身が言葉を慎めと言ったが、颯太は必死に訴えた。

「俺は知っていた……薄々、勘づいてた……姉貴が、金で殺しを請け負っていたことを……でも、それは本当に悪い奴を……法で裁けないような奴を抹殺するためだと思ってた。ああ、そういう奴がいるってことは、俺がもっとガキの頃、世話になってたやくざ者に聞いたことがあるからだ」

「さような話は作り話が多いぞ」

「姉貴は、俺が間違った道にいかねえように、手っ取り早く金が欲しかったんだ。俺を食わせるために、汚い真似をしたかもしれねえが、何も好きこのんで人を殺してたわけじゃねえ」

「だが、殺しは殺しだ」

颯太はギラついた目になって、遠山を見上げて、

「だったら、こいつは人殺しじゃねえんですかい。この女ですよ」

と邦女を指した。

「こいつは、姉貴と俺を捨てた。クソ寒い雪の中に放り込むように。死んでもいいと思って捨てた。てめえが産んだガキでも、情け容赦なく捨てたんだ」

「……」

「だが、姉貴は俺を捨てなかった。この女のように、体を売るような真似もせず、汗と泥にまみれて、父親違いの一周り年下の俺のために身を粉にして働いた。お天道様に顔向けできねえことなんざ、ひとつもせずになッ」

颯太は溢れ出そうな涙を我慢して、吐き出すように言い続けた。

「俺たちの店、『小関』だって、雀の涙ほどだけど、姉貴がせっせと貯めた金と人から借りた金で、なんとか出せた……それが二年前のことだ」

「……」

「船番所の人たちに可愛がられて、なんとか人並みな暮らしができるようになった……そしたら、その女が現れやがった。ああ、俺は本当は……一部始終見てたんだ」

遠山のみならず、錦や伊藤も知らぬことを、颯太は懸命に、

「そいつは、姉貴にポンと五十両程の金を与えて……」

と、そのときの様子を話し始めた。

『元気そうじゃないか、お光……私はこれでも今は押しも押されもせぬ〝恵比寿教〟の教祖様なんだよ……苦労かけたね。大した金じゃないけれど、ほら。何かの足しにしな』

『おっ母さん……どうして、ここが……』

お光が尋ねると、邦女は煙管に火鉢から火を付けて吸いながら、

『そりゃ産んだ娘たちのことだからね、あちこち手を尽くして探し廻ってたんだよ』

『でも……』

『そんなことより、その五十両は手付け金だ。これから、私の仕事にも手を貸しとくれ』

『手をって……私と颯太は、こうしてなんとか料理屋をやってるから……』

『なにも、この商売を辞めろなんて言ってないよ。これを、ある人に飲ませて貰いたい……飲ませるってのかねえ……振りかけるだけでいいのさ。散華の花びらのようにね』

『え……』

『でも、決して、自分で嗅いだり、飲んだり、しちゃ駄目だよ。猛毒なんだから』

そう言いながら、生け簀の中に紙に包んでいた粉薬のようなものを入れた。しばらくすると、鯉や鮒などが急に飛び跳ねるようにバシャバシャと動いてから、沈んで死んでしまった。

『魚は捨てて、水を取っ替えときな。金が足らなきゃ幾らでもやるからさ』

邦女はそう言って店から出ていったという。

「それから、しばらくして……」

颯太は苦々しい顔で、お白洲で知らない顔をしている邦女を睨んだ。

「こいつに言われるがままに、姉貴はある商人を殺した。理由なんか分からない。ただ、こいつにとって不都合な奴だろうってことだった。でも、こいつは姉貴に……『生きていても仕方がない奴なんだよ』と耳打ちしてた……そのたびに、何十両もの金を姉貴に渡していたんだ」

遠山はじっと聞いている。

「あるとき、姉貴はもういやだと断ったんだ。そしたら、『じゃ、おまえが大切にしてきた颯太を殺すよ。いいのかい』って脅した。俺のことを……息子とも思ってないって、そのとき、本当に思ったよ」

「……」

「だから、そのとき逆に思ったんだ。いつか、こいつを殺して、有り金全部取って、姉貴と何処かに逃げようって……でも、此度、姉貴のことがバレそうになったから……だから、俺は……俺は……」

「身代わりに立とうとしたのだな」

頷きながら遠山は言ったが、その目は冷静なまま、

「おまえの気持ちがどうであれ、お光の罪は変わらないぞ」

「だったら、こいつはどうなんだ。霊感とかなんとか言って人を騙して、その上、都合の悪い奴は殺せと命じた奴は！」

「むろん……死罪だ。獄門よりも一等下ではあるが、命をもってあがなうことに違いはない。人を殺せと唆した者は、御定書により死罪であるゆえな」

遠山が断言したとき、「ええッ」と邦女は腰を浮かして、

「私は知らないよ……こんな顔も合わせたことのない奴らに、母親だと言われて、勝手な作り話をされちゃ敵わないよ。お奉行様、ちゃんと調べて下さいまし」

「とっくに調べておる。おまえが怪しげな教祖だと目を付けた折からな」

「え……」

「残念ながら、このふたりの父親は分からぬが、おまえが産んだ折の産婆のところに、赤ん坊の手形や足形とともに、臍の緒も残されておる。その際、体の痣や黒子などの特徴もな……人の指や掌の紋というものは、生涯ほとんど変わらぬ。お光と颯太は、間違いなくおまえの子だ。であろう、八田錦——」

九

同意を得るために、遠山が投げかけた言葉を受けて、錦は他に意見を申し述べた

いと陳情した。すぐに遠山は頷いた。

「伊藤様が料理屋『小関』から回収した枇杷の種の粉で作った毒薬は、実は神田明神で殺された薬種問屋『丹波屋』要左衛門さんが作っていたものでした」

「なに、『丹波屋』が……」

「はい……その頃、邦女とは男と女の深い仲でしたから、消したい邪魔者のために、要左衛門さんは利用されたのです」

「……知るもんか」

邦女は唾棄するように言ったが、錦は冷静に続けた。

「その後、あなたは、材木問屋『日向屋』の主人と深い仲になりましたよね。だから、今度は要左衛門さんが邪魔になったのです」

「……」

「『日向屋』新左衛門とは、やはり〝恵比寿教〟を通して、気が合ったのでしょう。詐欺紛いのことも、お互い工夫して、一緒になって守り立てて、客集めをしました」

「何を勝手なことを……」

苛々と邦女は言ったが、遠山は「黙れ」と制した。錦はさらに確信を得たように、朗々と続けた。

「その客の中に、札差の『津軽屋』宇兵衛さんもいた。ところが、札差としての図太さというか、何か違和感を覚えたのでしょうね……『おまえたちには騙されたよ。お上にバラすか、でなきゃ、こっちにも分け前をよこせ』などと騒ぎそうになった……だから殺した。そうでしょ」

「知らないって言ってんだろう」

「半年前の油問屋『笹野屋』甲右衛門さん、三月前の縮緬問屋『近江屋』朔兵衛さんも……邦女は、娘を使って殺させてたんです」

「出鱈目を言うな！　証拠があるのか、何の証拠があって、そんな！」

思わず大声を上げて、邦女は自分は無実だと言い張ったが、錦は淡々と言った。

「新左衛門がすべて話しましたよ」

「そんな……まさか……」

「自分が処刑されるのは嫌でしょうから、最後の最後は、裏切りますよ」

「……」

「証拠の毒も持っていましたしね。ええ、私が調べました……それと、残されている唯一の千代紙ですがね、お光さんに命令するための……他の書き物と照らし合わせたところ、筆跡はあなたのものです。なかなかの達筆ですね」

「ふん……そんなのが証拠になるかい」

「いいえ。あなただと特定する、大事な証拠です」

「適当なことをぬかすなッ」

あくまでも知らぬ存ぜぬの邦女を横目に、錦は遠山に言った。

「お奉行……枇杷の種で作った粉毒は、たしかに猛毒です。お光さんが関わったものは、残念なことに死に至りましたが……必ずしも死ぬとは限りませぬ」

「なに……？」

遠山が首を傾げるのへ、錦は毒を吸ったときの症状を伝えた。

「腹痛や腹部の圧痛、膨満感に嚥下障害、食道逆流、胸焼け、嘔吐、痢、痙攣、意識混濁、そして息ができないなど、様々です」

「だから、なんだ。何が言いたい」

急かすように訊く遠山に、錦はゆっくり息を吸ってから、

「――死ぬかどうか分からぬのに、枇杷毒を使ったとしたら、殺しに当たりますか」

「む……？」

「確実に殺す方法で行っていないのに、人殺しと断定できますか」

遠山は制止するように扇子を突き出し、

「おまえの言っていることは詭弁に過ぎぬ。誤って人を殺しても、殺しは殺しだ」

と言ったが、錦は構わず、見解を縷々と話し続けた。

「承知しております。でも、刃物などで心臓を突くように確実な方法を取らずに、薬で死因を誤魔化すようにさせたのは、邦女です。毒だと知って飲ませた罪は重いです。でも、意志を持って〝殺す〟のとは違うと思いますので、私は……お光さんよりも、邦女の方が罪が重いと思います。邦女が死罪ならば、お光さんは遠島が相応しいとなりませぬか」

「ふむ……それでも屁理屈だな。結果として四人も亡くなっておるのだ。獄門は免れぬな。たとえ、殺す意図がなかったとしてもだ」

「ですが……もし、お光さんが殺そうと思って使っていた薬が、実は毒薬でなかったら、どうでしょう」

「なんだと……？」

　錦は伊藤を促すと、三方に載せた袋に入れた薬を、奉行の前に差し出した。

「それは、『小関』に隠してあったものですが、私が鑑定したところ、ただの米粉でした。そして、これ……」

　懐から小さな紙袋を出した錦は、さらに小袋を出して、邦女の前に差し出した。

「こっちは、『日向屋』の恵比寿像の中に隠してあったものです。これは、本物の毒でした。ですよね、邦女さん」

「！……」

「吸ってみますか」

　錦が袋を開けて鼻に近づけようとすると、

「や、やめて……な、何をするッ」

　悲痛な声を上げて仰け反り、逃げようとしたが、蹲い同心が捕らえて押さえつけた。

「明らかに、毒だと知っていましたね」

錦はそう言ってから、遠山を見上げた。

「お奉行……お光さんは、米粉を嗅がせただけなんです。それでも、いきなり口を塞がれたりしたら、誰だって咳き込みます」

「うむ。で……」

「そのときは、いずれも必ず、通りがかりの誰かが、『大丈夫ですか』と近づいてます。そいつが、毒を改めて飲ませ、とどめを刺したんです」

「なんと……！」

「万が一、死に疑いがかかったときは、別の人……お光さんのせいにするために、わざわざ、折り鶴で命令した……ですよね」

邦女に向かって、錦は言った。

「最初、生け簀で死んだ魚のことに衝撃を受けて、お光さんは苦しんでた。苦しみながら、あなたの言いなりになっていたのは……あなたが母親であり……弟を守るためです！」

最後に錦は、いつになく興奮ぎみに顔を近づけて、

「こんな親でも、子供たちふたりは、あなたを庇おうとしたんです」

「だって、そうじゃないですか。お光さんは『石橋屋』を最後に、悪事は全て自分のせいだと、お上に名乗り出ようとし、颯太さんはその身代わりになろうとした。ふたりとも本当は、あなたのことを暴こうとしなかった……どんな親であれ、自分たちをこの世に産んでくれたのは、あなただと思っていたからですッ」

錦は思いの丈をぶつけると、薬袋を開いて、サッと邦女の鼻先に振りかけた。いきなり、邦女は苦しそうに咳き込み始めた。

「な、な、何をするんだ。ゴホゴホ！」

「……ただの米粉ですよ。あなたは刑場で処罰されて下さい。後は……お奉行の胸三寸に期待したら如何でしょう。綺麗な散華が降ることを祈っています」

まるで愁嘆場を演じたような錦の姿に、遠山も呆れ果てて溜息をついていた。

「か、庇う……」

中川船番所は——。

関八州から江戸に物資を運んでくる川船で、今日も溢れていた。

時に、夜間の出船入船があり、女の通行や鉄砲などの武器弾薬を厳しく取り締まる川の関所で、江戸川や利根川にも続く重要な所である。ゆえに、人びとも沢山、往来する。その客たちが、ほんのひととき息を継ぐ所が『小関』である。

その店内では、船番所の役人や旅人たちの和やかな笑い声や雑談の合間を縫うように、今日もお光の爽やかで屈託のない姿があった。そして、厨房では汗を拭いながら、颯太が一生懸命、包丁を振るっている。

「本当に良かった……」

そんなふうに相槌をうちながら、錦と伊藤が遠目に見ていた。

「でも、もしかしたら、邦女にも母親の気持ちがあったのかもしれませんね」

「む……？」

「本当の毒は、娘に使わせなかった……なのに、多額のお金は渡していた。捨てた子供らへの、罪滅ぼしのつもりだったのかも」

錦が呟いたとき、ふたりの間に割り込むように、佐々木が入ってきて、

「今度は、俺と鰻を食いにいこうぜ、先生」

と言うと、伊藤は苦笑いをして、

「どうぞ、ご勝手に」

と立ち去ろうとした。だが、錦はさりげなく伊藤を追いかけながら、

「待って下さい。私は伊藤様とじゃないと、いやです」

と佐々木に聞こえるように言った。

「おい……なんだよ、おい」

「旦那。あっしと行きやしょう。評判の店なんだからよ」

何処から来たのか、嵐山が声をかけた。

「うるせえよ」

溜息で見送る佐々木の先に、錦の姿がどんどん遠ざかる。離れていても、後ろ姿であっても、錦らしい美しさに溢れていた。

その遥か向こうに聳える富士山を、澄みやかな青空が包んでいた。

この作品は書き下ろしです。

番所医はちきん先生 休診録三

散華の女

井川香四郎

令和4年6月10日 初版発行

発行人――石原正康
編集人――高部真人
発行所――株式会社幻冬舎
〒151-0051東京都渋谷区千駄ヶ谷4-9-7
電話 03(5411)6222(営業)
03(5411)6211(編集)
公式HP https://www.gentosha.co.jp/

印刷・製本―中央精版印刷株式会社

装丁者――高橋雅之

幻冬舎時代小説文庫

ISBN978-4-344-43196-6 C0193 い-25-12

この本に関するご意見・ご感想は、下記アンケートフォームからお寄せください。
https://www.gentosha.co.jp/e/